U0053204

後庄赤羌仔

郭雅蘋 著

自序　還諸天地

小兒子方崗十歲，好學強記，專解天文地理疑難雜症，有如小百科博士。透過小崗協助，憶起天際飛翔的老鷹，學名為大冠鷲。晴天晨昏，或是山氤滿布，雲海龍罩的陰天，牠們嚶嚶啼叫，在前方翠綠山谷悠悠迴盪。

自作多情，不自覺微笑佇立露台高舉雙手揮舞，模仿他們呦呦呼喚，多想擁有夢幻的翅膀，乘著大鷹的羽翼，飛向天際。有朋自遠方來，牠們或單獨、或攜伴近距離滑翔，通過屋子上方向我逼近。

大鷹盤旋，由遠而近，近到清晰可見氣流輕挑羽翼末梢，微微顫動。傳說老鷹是已故親人轉世輪迴，壯闊優雅的身影，想是久別的二哥回到人間探望我，內心激動澎湃不已。

所有思念不捨絕口不提，你是我永遠的家人。如果卸下強顏歡笑的面具，故作堅強的防守便會決堤。

前陣子搬家，告別鬧市，依山而居。一部閒置的電腦裡面，看見多年前的照片，你把小柏林扛在肩膀上，照片裡他才兩三歲，你疼他入心，連抱住二嫂都叫成小柏林。光陰荏苒，你唯一疼愛的外甥，日前慶生切蛋糕，轉眼已十八歲，身形和你一樣魁梧。看他在老家踅進踅出，恍惚如你身形猶在，客廳泡茶，院子散步，不曾遠離。

人總是這樣，總以為可以活到永遠，相親相愛永不分離。痛徹心扉打擊後，才了解曾經擁有的幸福。明明幾天前才一起騎著單車繞過家鄉田園，沿路有說有笑，你在廟前廣場不停繞圈，滔滔不絕說著武俠小說大夢，繞得我頭快暈了；過去從台北回新港老家時，你從鄉下開車來接我，不忘繞去超市，兩人懷抱一堆零食，豆干，蝦味先，蜜餞，飲料，互相取笑小時候貪吃的模樣，心滿意足回家。

往事歷歷，十年來懸念不下。此時不寫，更待何時？歲月催促，漸漸明白，沒有人擁有永生的籌碼。

有時問自己，年復一年，都過十年了，何來這樣排山倒海的傷懷？窗外藍天依舊，翠綠山林無語，依然沒有答案。

也許是內心黑暗的角落，自己不夠堅強。也許仍貪心想要更多，付出和行動總是太少，愧對此身，才有空洞和遺憾。

也許，只是單純思念親人。茫茫人海，亙古穹蒼，這一世有緣生在一個小村莊做兄妹，那年端午才過，你在老家三樓讀經靜修，摘下眼鏡躺臥休息，自此長眠不醒。匆匆一別，竟成永遠。

從搥胸頓足不能接受，到吞落苦澀淚水，理解你已脫離肉身，遠離凡俗，跨進人人必經的終站。

這一路滿布荊棘。

漫步行過星空小溪，一步一步，點滴思量，試著去拆解生死別離的原由。遠眺紅霞，流連山嵐之際，居家瑣碎移動之間，日夜晨昏，細細體悟緣會的意義，緣起緣滅的必然。

凡人都是任性沉迷擁有，一心追求。既天真又健忘，忘記起心動念的喜愛，悄悄結下一個果。飛蛾撲火的人們，一次次雀躍歡喜迎接生命的盛宴，見不到暗地裡命運的推手，如風中飛絮，在林間低語，一切，一切，都將還諸天地。

目次

自序　還諸天地　003

第一部　後庄一、二事

筍乾封肉萬家香　014
外公是種田的讀書人　017
你家蘋果真是聒噪　020
爸爸是種菜冒險家　023
女性覺醒之迢迢歸鄉路　026
時間送給我千金難買的禮物　029

大砲爆米花的美麗芬芳 032
淚灑野台戲之安平追想曲 035
竹林幫紀念品珍珠港手牌鍊 038
過船過海欲尋親 040
打珠仔橖贏來的芋冰才好吃 042
溪邊魚，路邊鳥 045
超狂老爸教女兒騎重機 048
奶奶命運鹹酸甜 051
芎蕉山佛堂外亙古蟬鳴 054
奶奶自創的土豆耳環 057
冬節圓仔紅番仔染 059
雨仔來來，掠雞仔起來刣 062
紀念愛吃麥仔煎的印記 065
外公院子的白日夢小木屋 068

出泥不染的野薑花 070
孤芳自賞的月下美人曇花 073
豔陽當空採紅菱 075
月是故鄉圓之古早鳥仔餅 077
人間有情欲走還留 079
恆久守候的「石敢當」 082
地上的赤羌仔和樹上的知了 085
包裝糖衣下的美麗與哀愁 087
當媽媽追逐樊梨花 090
外公用月亮為愛女命名 093
鄰家姊姊約我去看梁山伯與祝英台 096
八零年代的手作童玩和遊戲 099
葡萄成熟時 102

第二部　吉光片羽

淘氣朋友抖落一地櫻花　106
寶島山水　109
無名英雄　112
守護孩子的南十字星　115
請用屁股寫烏龜的龜　117
人生自是有琴癡　120
天長地久這回事　123
老闆，我想租一面看海的窗　126
欲窮生死路，乞化度春秋　129
仰式滑行的瀟灑只有獨處才會懂　132
將死的動物都會變得瘋狂　135
山居鳥事多　138

矽谷迷思之大道不行 141
無所事事的自由 144
當魯賓遜發現沙灘上的腳印 146
惦惦吃三碗公半 149
潛龍勿用度小月 152
玻璃屋咖啡廳的田納西華爾滋 155
日本花道國寶之十年磨一劍 158
深山打滾的鹿 161
隱身都市的空巢男女 164
南柯一夢七星山 167
天外飛來第六感 170
揀來揀去揀著賣龍眼 173
一個人的迷你慶功宴 176
意外闖入迷霧山林音樂會 179

羅大佑真是莫名其妙 183
加勒比海的紅豔相思豆 185
姨丈借我的單眼雅西卡 189
十年後會遺忘的都是小事 192
脫韁野馬營救計畫 195
呼叫天琴座，聽到請回答 198
白頭偕老是一個華麗緊箍咒 200
行路暗夜吹口哨壯膽 204
喜歡玩躲貓貓的小瘋鼠 207
風暴來襲按下暫停鍵 210
從嗶嗶叩年代走來 214

第一部　後庄二、三事

筍乾封肉萬家香

直到成年後才漸漸理解，小時候父母為何如此忙碌。那時我才三歲，剛從奶奶家黑暗的粗糠泥作小屋搬出來，勉強找人借貸才能蓋新家，類似三合院格局，兩翼廂房改成單邊豬舍，前面有大院子可以曬稻穀，也是孩子的遊樂場。

為了早點還清債務，父母早出晚歸拼命種菜種稻，菜價較好時，半夜摸黑下田也是家常便飯。

黃昏夜幕低垂，家裡沒有人，我的身高搆不著開燈按鈕，四周一片黑暗，自己一個人坐在屋簷下哭泣。

其實我有奶奶可以投靠，她就住在幾分鐘路程外。然而傍晚一到，伯父和奶奶家忙著張羅晚飯。小時候長輩總是說，看人家吃飯有點失禮，不宜久留叨擾；奶奶主要是擔心一個小女孩走夜路危險，天色暗下就催促我回家。

大多時刻，奶奶會牽著我，送我回去，她每天晨昏在我家廳堂上香拜佛，有時會在供桌放幾朵茉莉或是野薑花，還有一些小圓餅。鄉下資源貧乏，零用錢也只有一兩塊錢，早餐就會用掉，有幾年，這小把餅乾就是止飢唯一點心。

後來身高拚命抽長，國中就達到一米七，細胞不斷渴求養分，再加上上學運動量充足，放學逆向北風，氣喘吁吁踩單車回家，假日也沒閒著，父母分派我們三兄妹去田裡，除草拔菜各種粗活都做。總之，除了用餐時段，可以說長期處在飢餓狀態。

說來好笑，等入夜媽媽回家，餓到飢腸轆轆也不敢吭聲，三兄妹輪流坐在灶前燒柴顧火，媽媽在大灶炒菜，順便燒水，一家人輪流拿水桶來提水，好好洗個熱水澡。

眼看媽媽才從田裡回來，大氣不得喘一口，便要進廚房煎煮炒炸大展身手，香味撲鼻更讓人餓到極致，巴不得立刻開飯。這時，一個不識相的年輕人，家住村子另一邊，八成是姊弟戀，暗戀媽媽而來，人家在煮晚餐，老是挨在水槽旁邊，一臉狹笑，東家長西家短，只見手忙腳亂的老媽耐性應和。老爸就更絕了，還跟他客氣寒暄，這個厚臉皮男人每天準時報到，都快黏到媽媽肩膀，老爸真是宅心仁厚，完全把這號人物當成空氣。

你讓我媽好好煮飯行不行？大人明明說過，看人家吃飯沒禮貌。大家餓死了，居然沒有一個敢說話。

那人不只廚房站崗，我們兄妹在客廳看電視等開飯時，他偏愛站在廳堂，對著掛鏡搔首弄姿，整個身軀斜倚我坐的藤椅，陣陣汗味和狐臭揮之不去，簡直旁若無人，自戀到爆表的地步。

被二哥取綽號「赤羌仔」的我實在不明白，對於逾越禮節的人，到底跟他客氣什麼。

媽媽手藝好，一家煮菜萬家香，平心而論，說不定那人生命有所缺憾，只是想要重溫家的味道。

她的眾多拿手菜之中，快鍋燜燉筍乾封肉是我最愛，筍絲酸甜爽脆，滷肉油花綿嫩，滷蛋鹹香甘美，還有吸飽肉汁又彈牙的豆輪，整個就是致命組合，只要晚餐出現這道菜，非要狠狠扒個三碗飯才過癮。

走遍千山萬水，嘗遍山珍海味，異鄉遊子的心，永遠藏著一種千金不換好滋味。

外公是種田的讀書人

茶餘飯後，老媽眉飛色舞說起她的兒時趣事，一邊說話不時哈哈笑著，身為女兒卻聽得心驚膽戰。

她說出生時愛哭，大人哄騙照哭不誤，沒病沒痛卻從早哭到晚，吵到外婆受不了，深夜把她放在門外，打算置之不理。天亮後長輩曾祖母看不下去，苦勸外婆把小嬰孩抱進門。

後來上學讀書，放學跟同村玩伴到處遊玩，四處搗蛋，村裡閒置鐵軌的運輸五分車，以前台糖用來運送甘蔗，她和幾個小鬼抓起長竿爬上甘蔗車，沿著鐵軌一路推著划著，把台車划到隔壁村板頭厝，就是今日的嘉義縣新港鄉板陶窯藝術村。

媽媽是村長的女兒。村人發現甘蔗車遺失，東窗事發，晚上「保正」找上後庄村長家來。日治時代，「保正」職位相當於現今村里長。一行人把小女孩叫出來審問。兩造台語對話如下。

「妳叫什麼名？」

「郭月女。」

「妳是誰的子？」

「郭振源的子。」

「奧拜無通擱安呢迻甘蔗車仔，災某？」以後不准再推甘蔗台車，知道嗎？

「瓦災。」知道。

就這樣，幾個大人看著小女孩立正站好，大聲回答「郭振源的子。」逗趣的模樣，怒氣不消也難。

郭振源就是我的外公。當年在村廟小學堂教書，是個謙遜寡言的讀書人，與世無爭，生活大小事卻也難不倒。種田，手作藤編器具，也自學中醫藥理。

小時候雨天出門不小心滑倒，骨折的老是手掌外側小指，媽媽就會叫我去找外公。坐在灶前小板凳等候，外公拿來藥酒和小陶碗，切幾段老薑，爺孫倆人對面坐著，他用薑蘸酒在我手臂塗塗抹抹之後，開始沿著筋絡推拿，廚房瀰漫藥酒香氣，眼前的外公全神貫注，不發一語，隨著時間過去，手指疼痛也漸漸淡去。

年節拜拜，媽媽會去幫外婆作菜，準備一桌豐盛菜餚，煎糖醋魚，滷肉，白斬雞，地瓜和菜丸等炸料，涼拌和皮蛋作冷盤，筍絲羹湯等等，還有小朋友最愛的黑松汽水，三代同桌熱熱鬧鬧享用團圓飯。

一回外公徵求媽媽同意，騎摩托車，從老家新港後庄，載我前往嘉義市區探訪小舅一家。外公堪稱子孫滿堂，村子裡的孫輩都是男丁，我是排行最大的女生，媽媽對幾個姨媽說，沒看過外公載孫子，竟然破例載我出遠門。普遍重男輕女的鄉下，難得受到偏心寵愛，心裡有些得意。

外公有一個雙胞胎弟弟，相似度超過百分之九十。叔公住在台北，一回搭車返鄉造訪外公。叔公身穿襯衫西褲，在村尾下車走來，正在池塘附近玩耍的大哥，當時可能才小學，追著喚他：「阿公！」

眼看叔公沒有答腔，微笑繼續往前走，大哥又追上去喊著：「阿公阿公，你衿安呢要去叨位？」

不是小孩胡亂認人，叔公和外公簡直一個模子印出來。

多麼無憂的歲月，坐在外公身邊小板凳，看他一彎一折編織竹籃，好奇探問他是否記得日語單字，跑到田裡外公外婆身邊嘰嘰喳喳說個不停。

關於我兒時像個小跟班，村裡到處找人串門子，那又是另一篇故事。

你家蘋果真是聒噪

老家村落，在我尚未入學的年代，天亮之後，生活的節奏展開，青壯年不是出門種田，或到外地工作，孩子們上學去，可以說剩下都是老人留守。對於村莊陷入寂靜，遠遠就能聽見池塘邊的鳥兒，布穀，布穀，鳥鳴一如歲月悠長，至今仍留在腦海，清晰如昨。

幾個婆婆的名字，從來不記得。不過小小腦袋裡有一張清楚地圖，哪一個巷弄彎進去住著哪一個婆婆，我一清二楚。

村尾第一家的婆婆應該是全庄最長壽，目測超過九十歲，時常見她嬌小佝僂的身影，穿戴黑衣斗笠，推著一台四輪車，一小步一小步移動，如果認真計算到新港街上買菜需要幾公里，對這樣的老人來說過於吃力，所以，我不知道她要去哪裡。

可能去找村裡的老朋友敘舊吧，就像我這樣落單的小孩，家裡沒有人，不時想往外跑，到別人家串門子。

第一次去她家時，自我介紹說是蘋果，郭添木的女兒，她見眼前小丫頭嘴甜，會叫人問好，也就不介意我跟前跟後。像這樣的寡居老婆婆，雖說老伴早已不在，兒女開枝散葉，都到外地發展，照理說一人吃一人飽，非常有資格閒坐納涼，享享清福；然而所有老婆婆之間，彷彿有種不言而喻的默契，了悟勞動度日的好處，也或者無關勤作，純粹不想坐吃山空，要做事才有飯吃。

村尾婆婆，就像每個打從歲月長廊走過的人，身上處處是吞忍承擔的痕跡，整個背部彎駝接近直角，骨架瘦小彎曲。儘管身體退化，也毫不妨礙她綑綁柴薪，刷洗鍋瓢。居處簡陋，所謂家具只有幾個棚架，如此淡泊認命，好像視線和世界，就只剩腳下圍起這一方天地。

小孩子總是好奇，婆婆拿了什麼，或有個什麼動作，非要打破沙鍋問到底，平時沒玩伴，好不容易逮到容易下手的目標，一時打開話匣子就說不停。說不定婆婆不堪小孩疲勞轟炸，早已瀕臨崩潰，礙於禮貌，只好委婉問我是否該回家去，小妹妹還聽不懂老人已下逐客令。

果然，幾天後媽媽告訴我，那位婆婆路過寒喧幾句，順便告狀說，「妳家蘋果怎麼那麼搞喂。」

說好聽點是我很健談。好啦我承認，有點太聒噪，趕也趕不走的意思。

另一位婆婆也是獨居，猜想也有八九十歲，腳上還有纏足的小鞋。一個女人從小要經歷纏裹腳掌、皮開肉綻的痛楚，運氣好點遇到體貼盡責的伴侶，不敢想像運氣不好的女人，動輒遭受丈夫拳打腳踢，來人世間走一趟，要遇到多少磨難。

婆婆的房間光線進不來，大白天還是陰暗，她捻亮一盞昏黃小燈泡，坐在衣櫃鏡前，沾油梳開灰白長髮，彎彎繞繞盤起頭髮，房裡瀰漫淡淡茶油和檜木香氣。每個婆婆都是菩薩，臉上一抹輕淺微笑，把往日的苦楚隨風拋去，昨日淚痕和風霜雪雨，深深埋在層層皺紋中，把滄桑梳整完好，包藏在花白的髮髻。小腳婆婆門外黃土院子，有一處手壓水井，她時常坐在井邊小凳子搓洗衣服，和奶奶一樣，裡裡外外，一塊南僑肥皂就搞定。偶爾抬頭笑笑，看著院子裡的女孩，獨自在土地畫線，自己玩著跳格子遊戲。

天下沒有不散宴席，婆婆終究要喊這句話。「蘋果，咩島啊，壓毋緊轉去？」翻成國語就是催促我，快中午了，還不趕緊回家去。

秋風請你為我帶句話。再會了婆婆，下次布穀鳥唱歌時，我會再來找妳。

爸爸是種菜冒險家

小時候，爸爸就像魔術師。村子堤防過去，溪邊的田地人煙稀少，比較多野生動物出沒，他偶爾從野外帶回兔子，烏龜，八哥給我們兄妹。心裡一直不解，烏龜就算了，沒有捕獵工具，他如何徒手捕獲活蹦亂跳的野兔。直到成年後無意間聊起，他才為我解開謎團，秘訣就是聲東擊西，預先埋伏設置布袋，等待時機從另一端追趕。

真是大開眼界，被老爸打敗，兔子哪有那麼容易就範，聽起來簡直天方夜譚。

為了生計，老爸務農秉持科學家的實驗精神，除了基本稻子、甘蔗，和時令蔬菜之外，也嘗試種植許多經濟作物。

早期種過薄荷，一大片十分地種得滿滿，採收下來送到薄荷煉油工廠，爸爸要全程在場。他笑著說整車薄荷送進去，直到提煉完成，就是一小罐精油而已，賣價大約五百元。當時物價而言，這筆進帳不無小補，然而考慮工時成本並不划算。為了避免遺失，整夜在工廠守著那罐精油，直到天亮銀貨兩訖才安心回家。

還有一次學種咖啡，第一次看見爸爸帶回迷你蘋果般的紅色果實，孩子們嘖嘖驚奇。爸爸可能是玩票心態，畢竟小規模種植有人力成本需考量，小農沒有完整生產鏈，要獲利談何容易。

爸爸有個鄰村好友，比較熟悉國際路線，時常去東南亞觀摩農業資訊活動，把產銷模式引進台灣。於是一路看著老爸種植各種作物，光村後那塊地就種過雞冠花，番茄，玉米，花生等等。

一次尋常假日午後，爸媽交代我們三兄妹，前往堤防那邊田地摘辣椒，隨口提醒我們戴上手套。三個才國中國小，畢竟涉世未深，沒有多想戴手套用意何在，更不知道辣椒的威力。才踏進田裡沒多久，三人分頭摘著摘著，不知哪個哥哥開始受不了，鬼吼鬼叫道，快點摘，太辣了。

像是流放邊疆，蘇武牧羊也不過如此。堤防遠處辣椒田裡，苦情三兄妹倉皇狼狽，嗆到一把鼻涕一把眼淚，每個人手腳加快，只想趕快摘完逃離現場。

舊家客廳掛著小黑板，只讀小學的爸爸識字不多，自學紀錄莧菜、芫荽、茼蒿等國字，也會寫公斤、公升之類度量單位的英文縮寫，每天用粉筆更新菜價。小時常跟著爸爸去農會或是村廟拿回報價單，從小對價格略知一二。

黃昏時，農會大卡車有如巨獸，從遠方轟轟前來，沿路載走一箱箱、一簍簍農作，把嘉南平原的蔬菜運往台北果菜市場。小站停靠堆放就緒，隨車人員丹田洪量一聲大吼，通知司機開車。向大汗淋漓的搬運人員揮手道謝，望著大車離去，層層疊疊都是農人的心血，滿載農家的生計和寄望。

有時在院子陪爸爸整菜裝箱，他會讓我拿油性筆來寫編號，公斤乘以簍數，兩人一起試算，如果當天蔥價每公斤八十元，每箱四十公斤，出貨五簍就有一萬六。父女倆就會驚呼豐收發財，哈哈大笑。

常見時令蔬菜，平均一公斤二十元起跳。青蔥產季，尤其大雨或颱風前後，農田動輒全軍覆沒，偶有每公斤破百的好價格。有一陣子，時常聽見半夜爸媽兩人摸黑出門，清晨醒來，院子早已堆放一座座青蔥小山，等著大夥揀葉整理。揀蔥固定班底是爸媽和我們三兄妹，外公外婆，有時奶奶也來幫忙。假日不能出去玩，要把分派的那一堆揀完，直到黃昏，兩個哥哥在池塘協助清洗完成，裝箱運到定位，才算大功告成。

多年後才聽爸爸說，村裡地瓜葉是他率先引進。地瓜葉種植門檻較低，生長快速，最重要的是採收簡便，只要用橡皮筋綁成小把，不須清洗就可裝箱。

回鄉時節，常見村人不論老弱婦孺，輕鬆坐在遮陽處，採摘地瓜葉即可謀生。原來低調的老爸功勞不小，與有榮焉。

女性覺醒之迢迢歸鄉路

高鐵的身影，每天穿梭老家村落外圍。村裡唯一矗立的公車站牌，依然站在村廟附近路邊，由於使用率過低只好停駛。

午夜夢迴，幾度夢見搭上長途迂迴的遊覽車回到家鄉，而且是夢寐以求的服務，居然可以在家門口下車。夢裡還有緩慢行進的小火車，黑漆漆的車廂，隨招隨停，人們一躍即上，自由來去。

猶記剛出社會不久，一年幾乎回嘉義好幾趟，清明，端午，中秋，節慶過年快到時，盡量提早安排，請半天假避開塞車。手頭寬裕的時候也曾搭乘小飛機，從台北松山機場飛到嘉義水上機場，礙於自己從來不搭計程車，水上機場附近沒有便捷大眾運輸，飛機雖快，加上劃位等候時間，以及後續接駁銜接不上，反而沒有客運方便。單程機票約一千，等同火車自強號的兩倍，國光號客運票價當時也與自強號差不多，阿羅哈客運推出時，標榜隨車服務員、豪華座椅、影音娛樂和餐點等貼心服務，票價只要五百元，一度成為回鄉交通首選。

工作場合，與朋友聊起老家在嘉義縣新港小村莊，首先搭乘客運車程三小時，再轉搭一段公車，到新港下車還有一段路，有時沒法聯絡上老爸來接，踏著夕陽餘暉漫步回家，走個十多分鐘，假如碰巧行李不多，路程可謂輕鬆。一位朋友聽到這段迢迢歸鄉路，開玩笑說，下公車還要划船才會到。

如果老爸到新港街上來接我，會把行李掛上把手，待我跨上川崎125後座，就可以順理成章抱著爸爸肚子，靠在他背上撒嬌，人在異鄉遇見的委屈和不如意，全都隨風飄散。

下公車自己步行的話，原本是輕鬆自在的事。可能過往許多不快經驗，個性不夠強悍，踏入家鄉依然無法卸下心防，心裡總是暗自祈禱，不要遇到暴露狂之類的怪人，或是半生不熟的村人摩托車停下探問。當然明白人家是好心停下載我，但與男人近距共乘，動輒顛簸碰撞未免太尷尬。

一個人走路挺好的。

從什麼時候開始，一個女孩子成長期間，書本，媒體，或教育習得的禮教，處處宣揚的傳統美德，溫良恭儉讓，更要命的是，整個文化如影隨形，時時對女性洗腦，溫柔體貼才能成為受歡迎的人。

如果你有女兒，「溫柔體貼」這樣的教育論調請慎思，如此培育方式，無疑讓她步入一個道德框架，也是社會陷阱。試著想像，在某個惡行惡狀的時空中，某些惡人惡意者眼中，這正好是軟弱順從，容易得逞的對象。

如果你的女兒，一向有自我主張，有勇氣挑戰教條和世俗眼光，擺脫禮教束縛努力做自己，試著去欣賞她的獨特和力量，別學依老賣老那一套，對她說「這樣以後沒人要」。

邏輯不對，立足點也不對。不該壓抑女性去遷就缺乏自信的男性。

時代不同了。過去世紀，一代作家吳爾芙的熱情和才華，在婚姻裡受阻受挫，日漸抑鬱。她的丈夫找來醫生，讓她服下許多藥物，她的生命日益蒼白無力。

更殘忍的是，時至今日，人們仍然以愛之名，對人、對女性行控制之實。

如果人們可以欣賞奔馳大山的野馬，傾慕天生賦予荊棘的玫瑰，同樣也應當對無畏的女性掌聲鼓勵才對。

她們也可以擁有雄心，恣意揮灑的自由，更想闖出自己的路。

一如詩人惠特曼所言，「我把我的夢鋪在你腳下，輕點踩，因為你踩著我的夢。」

時間送給我千金難買的禮物

一個算算只有四、五十戶的小村莊，有兩間柑仔店，一間是阿嬋嬸家開的，另一間則是舅媽的多角經營雜貨店。大舅媽能者多勞，懂得裁縫女紅，也接工廠縫製雨傘的單，我們一票女孩排排坐在通風長廊，手拿針線，把傘布和傘骨一一縫起，賺到幾塊零用錢就很滿足。

舅媽家一度裝設投幣式電動玩具機台，第一次打電動遊戲是會放屁的烏龜，音樂畫面都逗趣，簡直欲罷不能，零錢幾乎全都貢獻給烏龜。

沒多久又迷上梭哈電玩，小小年紀就學著投幣賭博。過年才能休假的爸爸，常到雜貨店與鄰居賭錢，看著他有時幽默調侃牌友，大半時間都是冷靜沉著，身旁的我學到寶貴的一課，默默觀察，喜怒哀樂不形於色。

可能因為成長過程玩牌，以及與家人賭錢的磨練，練就賭性堅強的憨膽。

二十多歲與先生初識時，兩人在中南美賭城玩吃角子老虎，其實一開始自己就很篤定，這種機制偶有斬獲，成堆金幣落下的嘩嘩聲，會讓人上癮，雖說兩人進場約定好一個額度，沒多久一定會輸光。我不動聲色，每回手上籌碼錢筒快見底，就演戲裝窮，繞去找他拿幾個代幣，悄悄轉到門檻較低的遊戲，專攻迷你汽車機台，積沙成塔，資本增加時再進攻大型機台，以小博大，把贏來的代幣塞進斜背包，默默演奏革命進行曲。

他一路興致高昂，也一路被埋在鼓裡。直到無力回天，兩人承認大勢已去只好認輸，黯然離開賭場。

走出門口，我把他叫到一旁，翻開沉甸甸的斜背書包，裡面裝滿剛才贏來的金幣。兩人相視而笑，再度進去瘋狂玩一把。所謂千金換一笑，要以賭博遊戲致富談何容易。天快亮了，金幣揮霍殆盡的時刻終究到來，這才認清事實瀟灑離去。

年輕就是本錢。輸了、跌倒了，永遠可以重來。

然而青春也一直是寄望遠方，不太明白當下美好。

回首此生，命運發給我的牌局千奇百怪，從來毫無防備，只能一邊迎向新局，一邊學著按住傷口，摸索應對。

鄰居欺負又威脅不能說怎麼辦？

仇家不問是非，冷眼批評羞辱怎麼辦？

一時衝動傷害同學怎麼辦？

終於奮力迎戰，卻發現自己力不從心怎麼辦？

最親的人拋過來無情嘲諷怎麼辦？

看著家人被欺負，自己卻比人弱小怎麼辦？

班上同學都會，只有自己跟不上怎麼辦？

惡人奪走對世界的信任該怎麼辦？

成長之路，所有挫折和難題只能獨自承受，沒有解答。所幸，經歷過成長的苦，曾經跌倒犯錯，才懂得關懷和原諒的重要，也才懂得對孩子說，你受苦了，媽媽了解。

最重要的是，殘酷不幸的際遇，如同所有幸運的緣遇，很公平，全都會成為過去。

遇見打擊，萬念俱灰時，試著記得時間的寬容。生命可貴，忍過去，撐過去，時間會淬鍊一切，帶領我們成長。

大砲爆米花的美麗芬芳

村裡無人不曉，一位大嬸年歲增長，身形日漸彎曲，依然騎著一輛老舊單車，時常看著她不論晨昏日夜，從家裡到田地來回奔波，即使是雷雨交加的夜晚，風雨無阻，只有回家小憩填飽肚子，疲累小睡一下，又起身整裝出門，孩子和先生莫可奈何，把家事和三餐工作分擔扛下。

鄉下人的勤奮，有時誇張到難以想像。

鄰居的女兒從小乖巧勤勞，直到十七八歲依然整日下田，任勞任怨跟在父母身邊拔草揀菜，形影不離。老媽看在眼裡，言談間有些羨慕。誰知老爸冷淡回應，不予置評。也許他更樂見女兒到外地發展，追尋自己人生。

出社會一路走來，工作大多屬傳媒或藝術類別，以為此生與從商無緣。世事難料，峰迴路轉，中年之際貴人牽線，不料會進入玉市做生意。

時間和日常，無聲無息把人推向陌生的海岸，恍惚醒來，前塵往事已模糊。近年回想童年往事，才如夢初醒，原來年紀很小時，在村裡就做過生意。

從有記憶開始，阿嬋嬸的雜貨店像是資源交換站，除了提供村民常備存糧，小孩零食冰品飲料，店外空地還有堆積如山的金屬瓶罐和鴨毛，那是家家戶戶小量供貨，積少存多轉售工廠。村裡大小孩童撿來蝸牛，也是到這家柑仔店交貨，老闆接過成袋蝸牛，秤重計價換些銅板。

跟著大齡孩子有樣學樣，類似批發零售的概念，過年帶著紅包錢，去小店買一組抽牌遊戲盒。紙盒裡有小包裝餅干糖果等零嘴，例如蜜地瓜或口香糖套組，假如賣不完就帶回家吃。規則簡單，只要一元銅板可抽兩張小紙牌，翻開核對中獎號碼，手氣好的話，就可幸運拿到大小獎項，更多的紙牌上頭寫的是「銘謝惠顧」。

小朋友輸人不輸陣，小販漸漸比掏錢抽排的人多。僧多粥少，本錢要攤平不容易，看情形是賺到吃的比較實在。

鄉下除了一望無際的田野，可說什麼都沒有。窮則變，變則通，總要想辦法找花樣，自得其樂。

阿嬋嬸的柑仔店外，某些夜晚會有流動攤販前來。貨車卸下鐵架木板，將五金什貨、鍋碗瓢盆陳列整齊，攤商就會用大聲公廣播叫賣。小時候愛看熱鬧，一個燈火通明的迷你市集也逛得津津有味。

外地來的「爆米香」商人，貨車停靠柑仔店旁邊，一座閒置的防空壕前面。聽見吆喝喧鬧聲，婆媽們紛紛拿來家裡白米、花生，魚貫交給「爆破專家」處理。孩童不約而同湧來，蹲坐防空壕，一如大人說的「站高山看馬相踢」，又期待又怕受傷害，摀起耳朵屏息盯著爆米花大砲。

老闆頻頻把黑炭放進爐台，熱力高壓進入倒數，台語吆喝一聲「要蹦啊！」接著傳來通天巨響，儘管摀住雙耳，爆破聲依然震撼胸腔，大量白煙逃竄天際，一陣溫甜酥香也鑽進鼻腔。老闆手持麻布袋，冒煙的米花傾瀉而出，倒入木製切台，淋上金黃滾燙麥芽糖，米花和糖液攪拌均勻，稍作鋪平，沿著切台邊緣的方格記號，一刀刀切成大塊「米香」，成排裝進袋子就算大功告成。

比起超市的包裝零食，自己更愛天然無添加的「米香」，一度為了它穿梭大街小巷尋覓。在都市要買到古早味零嘴不太容易。輾轉打聽到石牌夜市，固定星期幾，某個時段，賣「米香」的阿伯才出現，第一次達成任務很開心，老伯看我隻身前來，大方開口要加好友，還說請我吃飯，只好笑笑回說，那怎麼好意思。

茶餘飯後跟先生聊到「米香」阿伯邀我吃飯。先生板起臉說，下次我去買，看敢不敢請我吃飯。

有時吵著要吃「米香」，先生會在工作途中順道買回，幾次之後，我和孩子漸漸吃膩，「米香」擱置桌上，乏人問津。

「米香」說到底只是買來過癮，重溫童年家鄉味。文字只能一抒情懷，勾勒輪廓，無法讓昨日重現；天真企盼「爆米香」不會沉入歲月洪流，成為絕響。

淚灑野台戲之安平追想曲

某年某月某一天，村長辦公處廣播放送站，傳來消息說當晚即將放映露天電影。居民紛紛搬來板凳，手上搖著大扇子，一邊搧風一邊趕蚊子，人群逐漸聚集，看來無法在前面搶到好位子，索性獨自爬上雜貨店外的圍牆，高處視野良好，也不會跟人擠。

當時才小學，影劇節目是新鮮體驗。聚精會神跟著故事發展，前一刻愛情甜如蜜，沒多久又遭遇重重阻礙，繼而被迫分離，簡直錯愕萬分。百思不解，愛上不該愛的人，瞬間從天堂墜落地獄，大人的世界居然有如苦刑試煉。人群外圍沒有人發現，小女孩獨坐牆頭，跟著電影情節神魂顛倒，「安平追想曲」旋律歌詞太催淚，「海風無情笑我傻，啊……不知初戀心茫茫。」年紀太小卻入戲太深，禁不住淚流滿面。

村裡偶有廟會慶典，家家戶戶自辦酒席，換下農忙後的粗布衣裳，梳妝體面，穿戴整齊，邀來外地親友共享盛宴，一時車輛擠到水洩不通，街坊巷弄一片喜氣洋洋。兩位家住崙背鄉的叔叔，遠道而來探訪爸爸，他們年輕時一起從軍，退伍後結拜兄弟，彼此家中婚喪喜慶從未缺席，平時也會送禮寒暄，聽聞對方村落大雨淹水，總是二話不說伸出援手，數十年來依舊義氣相挺的珍貴友誼。

外燴師傅大火煎煮炒炸，沒多久桌上堆滿山珍海味，從小到大依然喜愛的筍絲魚翅羹，冷盤中美味的涼拌海蜇皮，香烤烏魚子，香酥堅果，龍蝦沙拉，還有幾道喜宴常見菜色，例如紅蟳米糕，酥炸海鮮馬蹄捲，烏骨雞湯，干貝鮮蔬，紅燒魚等，百吃不膩。

餐桌上長輩談笑划拳，酒酣耳熱，小朋友引頸期待的甜品最後才上，花生杏仁甜湯，櫻桃雞蛋糕一下肚，迫不及待央求媽媽提早離席，一溜煙跑到村廟看戲。

早期，小廟廣場會有三檯戲，分別是布袋戲，歌仔戲，露天電影。如果剛好放映的是奇怪的鬼片或是搞笑港片，就跑去看看布袋戲，或繞到歌仔戲觀眾區坐一下。後來風氣改變，電子琴歌舞團也來表演熱舞清涼秀，村人蜂擁群聚舞台前。擔心父母發現，只敢遠遠透過人牆縫隙偷瞄幾眼。我的老天，這些娛樂界女性未免太大膽，三點遮蔽衣物全都褪盡，真槍實彈上場，極盡挑逗，甚至爭相展演特技，不雅動作極端物化女性，兒童不宜。至於圍觀的大人，都是熟悉的村人，平日形象全在小小心靈中瓦解一地。

人人都說非禮勿視。小時候面對這類逾矩戲碼上演，內心難免衝擊，自然會用有色眼光批判圍觀的大人。年歲漸增，看待許多事情變得寬容，過去鄉下環境單純，缺乏娛樂，說穿了就是湊熱鬧看表演而已；相對現代都市聲色犬馬，媒體資源氾濫，可說小巫見大巫。

更早幾年，三、四歲時，村廟大拜拜，小舅舅把我扛上肩頭溜達看戲，廟前人聲鼎沸，人潮熙來攘往，小舅經過布袋戲棚，一個不留神，完全沒有意識到肩上的小女娃撞到棚架木頭，臉部人中受傷血流如注，嚎啕大哭。慶幸自己早已遺忘，透過大人轉述才知道這段廟會發生的插曲，長大只有刻意端詳，才會發現嘴唇上方一道淺淺疤痕。

歲月漂洗成長點滴，吉光片羽。塵埃落定，心底沉澱下來的是親人和家鄉暖暖的情感。

竹林幫紀念品珍珠港手牌鍊

大舅媽的雜貨店，就在我家幾步之遙。舅媽有三個兒子，與我家三兄妹年齡相仿，童年幾乎都一起玩耍。外公和舅舅的後院從前種滿果樹，龍眼、芭樂、楊桃、荔枝，還有一棵釋迦樹，成群綠繡眼歡快跳躍。果園旁邊種滿竹子，左鄰右舍青少年時常在此聚集打混，大表哥會帶我們彈吉他唱歌，不起眼小村也有小朋友的「竹林幫」。

臨路的竹林樹蔭，曾有外地來的「諞仙仔」在此落腳，席地擺攤，拿一個小圓筒蓋住幾顆黑黑的細碎藥片，牙痛的人，只要付給小販幾個銅板，就可接受治療。他的拿手妙招是，患者只要側身把耳朵趴上圓筒，藉其高超醫術，蛀牙蟲就會掉出來。

排隊看牙的人越來越多，小販用爐火煸爆小黑籽跑出小白蟲。一旁觀望的我越看越納悶，那些所謂藥片，明明就是老爸拿來育苗的青蔥種子。等我恍然大悟，人群早已散去，那個江湖郎中也消失在村外小路。

一年，大表哥到夏威夷參加足球比賽回國，「竹林幫」興高采烈把他團團包圍，聽他娓娓道來搭機出國的趣事，雙眼發亮，欣羨不已。他取出幾條紅銅手鍊，夏威夷帶回的小紀念品，發送給幾個年紀較長的哥哥姊姊。年紀小不甘心被冷落，左思右想，鼓起勇氣請表哥給我一條，沒想到他爽快答應。手牌刻印夏威夷珍珠港英文字樣，長存老家抽屜，溫暖情誼永誌不忘。

鄰居一個姊姊，從小一起捉迷藏、溜冰，漸漸變成無話不說的好友，兩人時常相約外公的龍眼樹，爬上樹幹小憩納涼，微風輕拂，大樹輕輕搖擺，彼此交換無處傾吐的心事，也交換青春語彙小卡片，相約取件的祕密基地，就藏在外公竹林空地，高高堆起的兩座稻草小山間隙。

同一個竹林下，老爸童年時期，不到十歲就時常在那裡賣甘蔗，爺爺過世得早，為了分擔家計，小小年紀勤勞認份，環境練就吃苦耐勞的本事，從小跟著外公挑擔行路，走到幾十公里外的北港市集賣菜，揮汗負重，不辭辛勞。

前陣子回娘家，外子拿出一支麥克風，孰料小兒子用童稚台語嗓音，即興表演「農村曲」，坐在客廳藤椅的老爸閉眼聆聽，陶醉不已。

「透早就出門，天色漸漸光，受苦無人問，行到田中央。行到田中央，為著顧三頓，顧三頓，不驚田水冷霜霜。」

長年日曬，老爸不再像當兵照片中的白淨斯文。老家抽屜保存一張小剪報，那是父親節報紙徵稿，我寫的一篇「他不醜，他是我老爸」。在我心目中，爸爸永遠是與世無爭的男子漢。

過船過海欲尋親

時值二〇二一年五月，透過手機警訊得知台電出狀況，影響全台數百萬戶，轟動全球，新聞報導災情頻傳，電梯受困、號誌故障影響交通，許多商家依賴電力冷凍商品，民眾難忍酷熱不能使用空調，一片叫苦連天。

童年七零年代，對鄉下人而言，停電影響不大。大夥習慣勞動，木炭柴火等資源隨手可得，一口爐灶保障全家溫飽。家人拿來火柴盒，點上幾盞蠟燭，媽媽就著大灶變出香噴噴菜餚，兄妹輪流燒水洗澡。餐桌坐定，小娃娃吵著要吃「鴨仔飯」，爸爸就會在我小碗攪拌肉鬆和菜肉，看起來正如小鴨的飼料飯。

停電暫時把一家人圈在一起。電視不能看，一家五口共進晚餐更是溫馨。餐桌上燭火搖曳，隱隱映照家人的臉龐，小女娃投影到牆上變成巨人，世界頓時安靜下來。

飯後全家轉移陣地，紛紛取出草蓆和扇子，院子瀰漫曬過稻穀淡淡的芬芳，螢火蟲歡快地飛來繞去，好像也想湊熱鬧，聽大人說不完的故事。媽媽不知從何聽來許多猜謎，信手捻來就是驚喜，總讓我們幾個小孩措手不及。

她用台語說，「四角輕輕，中央由因，過船過海欲尋親。」幾個蘿蔔頭聽完一頭霧水，轉頭大眼瞪小眼，這是什麼跟什麼。她看我們完全跟不上，換一個簡單一點的，「假裁縫」猜一種常見昆蟲。氣氛漸漸熱絡，媽媽也更百無禁忌，套句現代詞彙叫做歪樓。

她說你們認真猜猜看。「一個老人欲死欲死，揹兩斗米！」等到後來謎底揭曉，一家大小一片錯愕，領略奧妙後全都笑翻天。

星月當空，微風習習。杜牧的「秋夕」完美詮釋童年的歲月靜好。

「銀燭秋光冷畫屏，輕羅小扇撲流螢。天階夜色涼如水，臥看牽牛織女星。」

大夥陶醉在古詩般的意境。

上面說的謎語，謎底依序是「信」、「蟑螂」（台語叫做剪紙），還有最後一個是「男鳥」。

停電的時候，剛好是練習斷捨離的時機。沒有各種電器化設備干擾，斷絕平時依賴的聲光娛樂，許多機器被迫停擺，步調減慢，行動範圍縮小，斷絕不必要的交際和言語。一道隱形的牆，劃清需要和想要的界線，區隔人我。

人們這才虛心領會，原來我們需要的這麼少。

唯有親情和家人不可或缺。

打珠仔檯贏來的芋冰才好吃

小時候只要聽見冰淇淋小販遠遠在按喇叭，「叭哺！」便趕快放下手邊的事，飛奔出去攔住他。賣芋冰的大叔來自新港街上；去新港找同學玩，碰巧看見掛著芋冰招牌的三輪車停放一處騎樓。

老闆這台改裝三輪車配備雨棚，頂著大太陽走走停停，經常停靠外公家竹林樹蔭下，一派悠閒坐在腳踏車椅墊，身前有一座彈珠檯。一回生兩回熟，一改以往銅板買冰方式，壯膽向老闆下戰帖，一局可有三次打擊機會，鋼珠落定的累積分數決定輸贏。有時運氣好，可以拿到雙倍份量冰球；鋼珠賭輸就摸摸鼻子認賠，老闆佛心來著，有時不忍小朋友敗興而歸，照樣奉送一球冰品聊表安慰。

他做的冰淇淋綿密紮實，五、六種口味冰桶用壓克力透明板遮蓋。在我心裡排行第一名是桂圓，還有花生、芋頭、芒果幾種口味，用特製網格鬆餅甜筒盛裝，絕妙搭配令人懷念。

如果黃昏剛好在奶奶家，也會聽見賣饅頭的摩托車到來，外省伯伯沿路叫賣「饅頭！」伯伯的招牌服裝是海軍藍外套和同色棒球帽，儀態端裝整齊，連後座的保溫箱也乾淨清爽，層層攤開箱裡覆蓋保濕的棉布，熱氣蒸騰，饅頭香味即刻竄出。奶奶長年吃素，會前去買些素包子與我分享，筍絲、豆皮爽脆細嫩，鹹中帶甜，老闆幫我塗上紅辣醬，香氣更上一層。黃昏常是飢腸轆轆時分，美味包子饅頭及時解飢，絕妙滋味令人無法抗拒。

媽媽中午煮飯時，如果剛好聽見豬血湯的餐車叫賣，她會給我零錢，把碗公遞給我，蹦蹦跳跳出去買湯，老闆裝好裝滿毫不手軟，戰戰兢兢把熱湯大碗公端回來，正好午餐加菜。沙茶油蔥在熱湯中縷縷飄香，韭菜脆甜，豬血軟嫩彈牙，主角配角紅綠巧搭，一道不退流行、色香味俱足的懷舊滋味。

一段時間，賣豬肉阿姨摩托車會繞進村子，穿梭大路小巷沿路叫賣。他們夫妻倆平時在市場經營肉舖，媽媽也是常客，與媽媽買菜時，常見帥氣的老闆笑容可掬。騎摩托車出來兜售的闆娘，用一貫親切甜美的嗓音呼喚，「您欲愛麼？」當天媽媽出門前有交代，就會特別留意固定時段傳來的車聲，完成買肉任務。每回大人在家時，聽見她自成一格的甜膩呼喊，老爸與鄰居叔伯們於是流露似笑非笑的奇特表情。對莊稼漢而言，這種溫情攻勢簡直難以抵擋。

村子到新港街上有段距離，小雜貨店供貨有限，久而久之，有些物資就形成固定配送管道。小時候偶有風寒，媽媽會讓我到鄰居某伯伯家買感冒糖漿。客廳後方牆上掛著一袋藥品，從日據時代流傳的「寄藥包」，每隔幾個月總會見到一位藥廠專員，直接宅配進門供應藥品，配送員查看存量後，適時補充新藥，並在藥袋上方註記。年幼好奇，就算沒有病痛，也要偷吃玻璃藥罐裡的銀色小藥球。

新港街上知名手工醬油廠「源發號醬油」，是從小餐桌必備的熟悉調味。老闆身形瘦削，笑容親切，定期到府配送，醬油玻璃罐發出叮噹聲響，順道取走空瓶，物美價廉服務好，家家戶戶自然成為老主顧。過年媽媽製作拿手蘿蔔糕，拍上幾顆蒜瓣放進醬油，顧不得起鍋燙嘴，一口接一口，外表金黃酥脆，內裡軟嫩香甜，阿母做的「菜頭粿」長久都是心頭最愛。

難忘的家鄉味，深植味蕾的不僅僅是食物，還有童年的藍天，相依的親人友伴，物換星移後消逝的鄉土風情，在記憶中構築一幅歷久鮮明的藏寶圖。

別了，舊時代獨有的人情味。

溪邊魚，路邊鳥

老家村子的池塘，近年經過整治，周邊植栽美化，遠近兩端建築涼亭露臺，增添幾分雅致風情，彷彿素顏著妝，對比童年模樣，判若兩人。

露臺延伸長型木棧道，鄉親老幼小歇長椅，近水樓台憑欄處，將水邊與路人稍作區隔，大大降低落水危機。

將近半世紀之前，黃昏時分，父母在池邊清洗即將出貨的青菜，一把一把認真搓洗。忙得不可開交之際，媽媽瞥見池塘裡菜簍邊緣，水面上漂著一朵鞭炮花，那是小女兒頭頂綁的一撮頭髮，衝過去一把把我拉上來，撿回一條小命。

天色再暗一點，大菜簍角度再偏一點，時間再耽擱一點，甚至頭上沒有那朵鞭炮花……，許多變數不敢想像，女兒一不小心就天人永隔。

按照習俗，晚上媽媽煮好豬腳麵線壓驚，三歲小娃西西簌簌吃著香噴噴的麵線，天真說道：「下次跌落水裡還要吃這個。」

每回看見新聞報導孩童落水發生意外，由衷感慨，有些人永遠不能放手。

小學時期某一日，鄰居黃昏農忙收工回家，看不到小么兒阿勇，驚覺不妙。街坊口耳相傳，得知人見人愛的三歲小男童走失，村民紛紛自告奮勇，有的分派路線找尋，有些四處打聽小童消息，眾人心急如焚，一直沒有進展。

一個婆婆說下午曾經見到阿勇，獨自拿一塊布在池塘邊埋頭刷洗。天色越來越暗，幾個青壯男人張羅竹竿和打撈工具，隨著夜色壟罩更難搜尋，後來有人潛入水底，來回幾趟閉氣摸索，每個等候消息的都在天人交戰，希望快點找到，卻要心痛看到這樣的結果。潛水的男人終於找到小孩，把阿勇抱上岸，小小的身影動也不動躺在岸邊，夜色淒涼，雙親哭天喊地再也喚不回，數十年過去，那一幕依然難以忘懷。

這一方水塘，以前魚蝦活躍，還算乾淨，一度也是大小孩童戲水的天然泳池。年紀較大的哥哥們玩得很瘋，跳水比賽，甚至潛水玩捉迷藏，媽媽交代鄰居大哥哥稍微看顧，就留下我在池邊玩水。羨慕別人在水裡優游自在，年紀小膽子也小，只好自己摸索，在岸邊做小範圍練習，慢慢進步，可以蹬腳游出去一小段，就很開心。就這樣踢著划著，一個踉蹌搆不到岸，眼前一黑往下沉，驚慌之際往前撥水，掙扎站穩身子，久久驚魂未定。

這是第一堂生死練習，原來自己離死亡這麼近。

池塘邊石階上，小朋友拿起小石頭就想丟，打幾個水漂，聽聽撲通的聲音都開心。台北回鄉下玩的小表弟，才剛學會走路的年紀，丟一片樹葉，重心不穩就掉下台階吃水，後來阿姨知道我把他兒子拉回岸上，又是慶幸又是道謝。小朋友就是充滿好奇，看到小魚小蝦小烏龜，總是雀躍不已，想要伸手去抓。

偶有大魚在岸邊悠晃，看到人類，反常不躲不逃。岸上的人一時輕忽或是貪念升起，難以察覺危險伺機等候。

「溪邊魚，路邊鳥。」老一輩這樣說野外的魑魅魍魎，有時會化身動物吸引人靠近，輕則不知不覺受到迷惑、接著跟隨直到迷路；嚴重者為了捕捉魚鳥輕忽險境，意外落水或車禍遇害。老人用這句話告誡提醒，戒慎保守，切勿隨意撿拾物品。

水火無情，多少人開心出遊，卻天倫夢碎。

暗自祈求土地公，土地婆，日夜守望保護孩童。每一個孩子都是父母的掌上明珠。

超狂老爸教女兒騎重機

一甲子的歲月，是我與奶奶的年齡差距，天干地支是辛亥年，生肖屬豬，是環境劇變的世代鴻溝，也是一份無法分割的血緣。

爺爺在爸爸三歲時就因病過世。從小在貧苦鄉下長大，童養媳出身的奶奶，好不容易與相知相惜的人成家育兒，命運之神再度捉弄，讓她守寡長達四十年。由於父母鎮日農忙，奶奶是我童年的依靠，國中時的家庭調查資料，有一欄需填寫自己最親近的家人，我寫的不是雙親，而是奶奶。那是藏在心底抽屜深處的祕密。

奶奶過世時我讀嘉女高一。猶記那是一個平凡星期六中午，放學時間，獨自步上宿舍頂樓，就著洗手台，無精打采地清洗制服，整棟宿舍大樓出奇安靜，心裡隱約有一股驅力，催促我整裝搭車回家。

家裡沒人，後來輾轉得知，要換上素色衣褲去祭拜奶奶。伯父家聚集的長輩見我回來，依照習俗提醒我，奶奶唯一孫女兒，從大院外圍三跪一拜進門。與她最親，卻無能見她最後一面萬分自責，只好一路沿著尖硬碎石跪爬進入廳堂，藉由皮肉之痛懲罰自己。

直到揮別奶奶才意識到，從今以後，不論人生遇上甚麼風浪，只能靠自己。

前年老爸再度中風入院，精神稍微恢復時，我幫他穿上外套，用台語告訴他：「坐到衫仔枝。」意指坐到外套衣角，要他挪一下。爸爸看我拉不動外套，忽然靦腆笑出來。一旁的我望著他說，你剛才這樣笑好像「呷菜嬤」。那神韻和聲音像極我吃素的奶奶。老爸轉頭輕聲問我：「那個人去哪裡？」

看著眼前仍然發燒，強忍暈眩的爸爸，問起早已過往數十年的老母親，頓時心疼不已。眼前的他病弱無助，極需安全感，但自己誠實原則不能違背，只好用平常語氣回答他，呷菜嬤很久就不在了。

隔天進加護病房，規定探望時間很短，看他身心受限受苦，強作鎮定放下不捨，離開前輕聲對他說，「你要勇敢喔。你知道我也很勇敢對不對？」看老爸點頭，我才安心出去。父女心照不宣，我們倆都是硬底子不服輸的AB型，和奶奶一樣。

他在我國中時，不顧母親反對，教我騎大哥的重型機車，一一示範踩油門、離合器、換檔，老爸心臟很強，竟敢放手讓我自己騎到村外。半路熄火，冷靜回想他的教導，重新踩油門發動，引擎轟隆隆為我壯膽，想起爸爸的信任很感動。

高中剛滿十八，老爸為我報名南港的駕訓班，就在老家附近。讓我趁著暑假學車考試拿到駕照。

大學聯考失利，無心升學，毛遂自薦到嘉義婚紗公司當學徒半年，開始擔心不趁年輕進修會後悔。回家想與爸爸商量繼續讀書的事，孰料他只看我一眼，拿出一只厚厚的信封袋說，「補習的錢早已準備。」

出社會不久，因攝影工作關係，搭乘直升機飛到台北上空，腰間繫上安全扣環，探出上半身拍攝空照圖，飛機發出轟隆巨響，巍巍顫顫的空拍任務，要克服懼高心理障礙，臨危不亂才能完成。老家有爸爸默默守候，放手讓女兒飛翔，是人生長路中的莫大鼓舞。

從來不多說什麼，用行動表達關心，做我勇往直前的強力後盾，用沉默表達樂觀其成。

老爸有一天茶餘飯後說，他載柏林（我大兒子，那時就讀國中，身高超過一百八）去新港街上，遇見某某好友問候，誇他外孫又高又帥。一邊說著，臉上難掩驕傲之情。

血濃於水，老人家心裡想望的只有家人。老爸等著瞧，第二個外孫急起直追，咱們來打賭，很快超過一百九。

早早打好如意算盤，到時加上外子，我身邊有三個高大帥氣的保鑣。

所到之處，走路有風。

奶奶命運鹹酸甜

小時候怕牛。每次跑過小巷小弄，打從二伯家後院穿過去找奶奶，總要在大樹前方天人交戰，深怕頭上兩角彎尖的水牛暴衝對我怒吼。大部分時間，那隻全身灰頭土臉的巨獸，都是一派悠哉反芻牧草，久久才發出呼氣聲響。一朝被蛇咬，十年怕草繩，對小朋友而言，水牛發狠樣子太震撼，嚇過一次，就沒什麼好商量。

奶奶午後在臥榻小憩，側身屈膝，以臂作枕，她說那是大佛的睡姿，祖孫倆要天南地北聊一輪才睡去。下午日頭西斜，奶奶讓我趴在她大腿，就著光線輕輕幫我掏耳朵，掏出來的耳屑就放在我手掌心。

陽光帶來暖意，耳扒搔刮酥麻快意，我在奶奶懷裡像隻貓咪慵懶撒嬌。那份恬靜安穩的陪伴，在我心裡就是永恆。

小小心靈，字典裡沒有無常，沒有稍縱即逝。

奶奶接著取出一串念珠，跪坐臥榻，恭敬合掌，閉眼頂禮，開始例行念佛功課，嘴上細細頌念佛號，手指撥動她的菩提珠串。

直到自己多年後作網路生意，時常設計佛珠，接觸佛教七寶等各式材料，才知道菩提子原色是淺淡米白，奶奶唯一珍藏那串菩提子，經年累月盤念，才會變成深棕油亮的濃郁色澤，自帶一種璞真無畏的質地。

奶奶是自動自發的佛門好學生。為了念佛功課的計數，她在身前放置火柴棒，一百零八顆是一串佛珠子數，念一圈就放上一根火柴。從來沒有上學讀書的奶奶，總是把一根一根火柴擺放整齊，毫不含糊。

看她心無旁鶩專注日課，一旁無聊難耐的我忍不住搗蛋，悄悄把她身前火柴支弄亂，奶奶發現後只會嘖嘖幾聲，旋即閉眼繼續未完成的功課。

日課完畢，奶奶把念珠悉心包裹，收納妥當。楊楊米床邊有一座木製矮櫃，她會推開櫃子拉門取出一罐蜜餞，用筷子夾出醃漬蜜李，台語叫做「鹹酸甜」，放上日曆紙空白面，兩人一起享用。她長年茹素，飲食起居清簡無華，就連嗜好享受，也是平凡到微不足道的蜜餞。

台語「病子」是指懷孕害喜，鄉下人總說，病子的人愛吃酸梅之類蜜餞，想想不無道理，反胃的人茶不思飯不想，人說望梅止渴，蜜餞的酸甜滋味既開脾又開胃，就連中醫方劑也常藉其功效入藥。

舊時代冰箱尚未普及，從村莊徒步走到新港路程遙遠，年老體力有限，就算買菜也帶不了太多，於是親友外出採買，也會帶回物資給奶奶。幸好鄉下遍地蔬糧，鄰居親戚時常互通有無，家門口就是冰箱，誰人路過留下現採蔬果農產品，心意不必掛記，是鄉間獨有人情味。

儘管血脈相連，奶奶的際遇自己永遠無法體會。她從小失怙失恃，寄人籬下。有家的孩子，天塌下來有父母扛著；但是身為養女，不僅仰人鼻息，想必每天有做不完的粗活待命。

舊日風氣多是父權為重，爺爺卻是少見新好男人，眼見妻子揹負幼子蹲在田埂做事，隨即接手揹過小孩，說自己站著整地比較輕鬆。對奶奶悉心疼愛，村人傳為佳話。才成家數年，奶奶就痛失摯愛，一個弱小女子帶著四個幼兒，目不識丁，一肩扛起家庭重擔，作牛作馬買地置產，任勞任怨把孩子拉拔長大。

奶奶的人生，不是坎坷兩字可以形容，命運何忍，給予幸福再無情奪走。

「鹹酸甜」的滋味，一言難盡。奶奶多舛的一生，是長久難以下筆的篇章。

芎蕉山佛堂外亙古蟬鳴

奶奶數十年潛心念佛，因著一份虔誠，聽聞而來的輪迴因果故事，甚至十八層地獄、刀山油鍋那一類警世傳說深信不疑。幾個兒孫輩認為那些是杜撰的神話，偷偷取笑她「迷信」，不識字也不會國語的奶奶，居然聽得懂我們在說她，每每不以為然，輕聲發出抗議。

一位身著袈裟的師父，每隔一段時間就會騎一台川崎機車，遠道而來探望奶奶，帶來山上收成的水果或是乾糧點心。師父來自嘉義大林芎蕉山的龍山巖普陀寺，每逢寺廟舉辦法會，奶奶會帶我去拜拜。信徒從四面八方湧來，人潮熙攘，寺廟前院陳列素齋甜湯，紅白湯圓暖胃又暖心。佛寺右側廂房是女眾休息室，幾回與奶奶午後在此小歇，遠處蟬鳴，山風習習，共度心無罣礙好時節。

廂房旁邊是伙房，穿過走廊盡頭有幾棵小樹，奶奶帶我摘下幾顆米黃色木質小圓籽，告訴我可以穿孔作成念佛珠串。後來工作接觸佛珠，得知小樹名為薏苡，又稱草菩提。籽圓如瓷堅實，中央有天然孔道，民間房前屋後常見易採，傳統用以念佛計數。

李時珍《本草綱目》曰：「薏苡人多種之。二三月宿根自生，葉如初生芭茅，五六月抽莖開花結實。一種圓而殼厚堅硬者，即菩提子也。其米少，即粳也。但可穿作念經數珠，故人亦呼為念珠雲。」

師父對奶奶而言，可謂良師益友，同時扮演心理諮商與分憂解勞等角色。他懂米卦，奶奶有時攜帶兒孫衣衫前去占卜，佛堂木魚清頌，香煙裊裊，面對奶奶惦念家人提問的心事，師父總是耐心解析碗上白米卦象。每回見到師父騎車風塵僕僕來訪，關心奶奶，噓寒問暖，只覺難得君子之交淡如水。

一次法會結束，坐上返鄉遊覽車，奶奶給我一瓶鋁箔包香蕉牛奶。禁不住山路蜿蜒顛簸，暈眩襲來，接著腸胃翻攪，肚子裡的調味奶，一番折騰就又還諸天地。遊覽車上抓兔子，怪異的氣味造成陰影，這輩子再也不碰香蕉牛奶。

奶奶時常帶我到外地進香，最遠去過台南的大廟南鯤鯓代天府。炎炎夏日進香期，難得從小鎮來到大廟，周邊攤商聚集，叫賣聲此起彼落，蚵嗲酥脆令人垂涎，美味燒酒螺大快朵頤。香火鼎盛，鑼鼓喧天，信眾摩肩擦踵，琳瑯滿目的陣頭藝能表演，各種儀式活動大開眼界。手拿成串紅豔豔糖葫蘆，緊跟著奶奶腳步，無意間就會撞見乩童起舞，臉上雙頰有長條金屬穿過，血淋淋的畫面揮之不去。

祖孫進香足跡，還有嘉義半天岩紫雲寺，奶奶牽著我穿越各大廳堂，捻香禮佛，廟堂清幽。多年成家後，與外子驅車到訪，重溫兒時記憶，紫雲寺蘭若煙霞依舊，一磚一瓦古樸典雅，左右護龍雕龍畫棟，瀰漫思古幽情。

我佛慈悲，度化蒼生別離生死之苦。幸有信仰作為心靈寄託，支撐奶奶度過漫長淒清歲月。

身心安頓，不再流離漂泊。

奶奶自創的土豆耳環

除了捻珠念佛，奶奶平時自給自足，雖然寡居，日常食衣住行需要張羅的活動也不少。她的臥榻旁邊木門外，依牆低矮台階便是洗衣檯，一只咖啡色泛白的南僑肥皂，一盆清水，足以洗淨奶奶日常衣褲。

她有自己專屬洗浴空間，鄉下稱作「浴間仔」，裡面除了一盞燈泡，水桶和舀水用的葫蘆瓢，四壁清爽。過去鄉下老人不分男女，夏天習慣袒胸露背，手搖蒲扇坐在庭院乘涼，有時遠遠見到奶奶打赤膊，自在進出洗浴，也是習以為常。

長年茹素的關係，不便與同住的伯父家分享葷食或肉粽，只要奶奶閒暇，就會準備粽葉和「肉豆」，它是一種乳白色小豆子，別名扁豆、蛾眉豆，有時自己栽種採收，有時是市場買來，與豆輪、豆干調味下鍋炒香，糯米浸泡後，填入折好的粽葉，舀入上述材料包裹綁繩，便是奶奶拿手的清香素粽。

大多時間，奶奶坐在門前院子「綑草綑」，有時稱作「綑柴」，把曝曬乾燥的稻草或蔗葉，也常混和「麻骨仔」折捆成束，一捆柴薪完成約兩個手掌寬度，放入灶坑的適當大小。過去沒有瓦斯爐、電爐，一日三餐都要燒柴升火煮食，需要大量燃料，幾乎老老小小都時常坐在院子「絪草絪」。

「麻骨仔」質輕有孔隙，是加工剩餘品，物盡其用不浪費。早期鄉下衛生紙尚未普及，有些人家會洗淨「苧麻骨仔」，裁切小段剖半，方便如廁後清理。苧麻是蕁麻科植物，亦是有價作物，其韌皮纖維是台灣早期廣為運用的材料。小時候常見媽媽與村莊婦女們，全身穿著厚重塑料防水衣，泡在池塘岸邊淺水處，利用長形板凳兩端的滾輪裝置，將採收的苧麻伸進輪孔，雙手使勁，抽拉剝除堅韌的外皮。粗操的皮層經過浸煮曬乾等處理，製成纖維可做繩索、布料。

奶奶堆放的柴絪旁邊，就是煮食三餐、燒開洗澡水的炭爐。爐上煮湯熬稀飯，順便往炭火堆裡丟幾顆地瓜，一會兒就成香甜燙嘴的烤番薯。真是「一兼二顧，摸蜊仔兼洗褲。」旁邊庭院空地，一群孩子在此聚集玩遊戲，也是奶奶平常曬地瓜籤、蘿蔔乾的地方。春去秋來，祖孫倆有大把時光，一邊就著竹篩挑揀五穀豆糧，一邊閒話家常，天南地北聊不完。

奶奶與我對坐，剝開花生取下「土豆仁」。她也有淘氣的時候，把花生殼扳開小縫，夾在耳垂，笑著問我這對「耳鉤」漂不漂亮。

往事歷歷，昨日不再。如果時光可以倒轉，還是會大聲說，奶奶這樣好古錐、好漂亮！

冬節圓仔紅番仔染

秋收過後，轉眼入冬。小時候跟著媽媽到新港後街市場，進去販售南北貨的雜貨店，店裡陳列柴米油鹽，一旁垂掛長排袋裝「紅番仔染」，一包約掌心大小，豔紅色澤包裝裡面是紅色食用色素粉末。看到媽媽買這個，就知道年節腳步已近。

根據高拱乾修的《台灣府志》（一六九六）卷七記載：「冬至，人家作米丸祀眾神及祖先，舉家團圞而食之，謂之『添歲』；即古所謂『亞歲』也。門扉器物各粘一丸其上，謂『餉耗』。是日，長幼祀祖、賀節，略如元旦」。

冬至的湯圓，俗稱冬節圓。現今元宵和湯圓，諸如芝麻，紅豆，花生，甚至新研發出珍珠奶茶餡料，各式花俏口味湯圓，應運日常而生，百工為備，洋洋灑灑陳列各大賣場與超商冷凍櫃，市面亦有現成包裝糯米粉，提供想要動手下廚者更簡便做法。

在七零年代農村，這道象徵祈願和團圓的美食，人們是種稻取米，從無到有，經過層層繁瑣工序，不厭其煩製作出來；也就在流汗與等待的過程中，更能將付出與勞動昇華為豐收和喜悅。

老家村裡雜貨店對面江家，早先購入一台電動磨漿機，是古早「石磨」的進化版，有些老舊屋後還能見到此等閒置蒙塵的骨董，早期用花崗岩雕琢成的磨米器具。或載或擔，幾十斤的糯米運到江家，只要自付少許工本費，一邊就著磨漿機舀進糯米，一邊和水拌入，濃稠白乳狀漿液緩緩流瀉，不消頃刻大功告成。

木架備妥，媽媽把整袋磨好米漿放在浴室，搬來沉甸甸石頭疊在大棉布袋上方，用重力壓出水分，榨乾成漿糰「粿粹」，過程依循傳統土法煉鋼，只能交給時間。

天黑田裡收工，媽媽忙完晚餐也沒閒著。家人都入睡，只剩我和媽媽窩在廚房。牆邊一卡紙箱，成群毛茸茸小雞簇擁小燈泡取暖。紅磚大灶柴火不斷，媽媽教我撥取一塊生硬粿粹，滾水煮成「粿母」，利用這塊熱呼黏稠的米糰來搓揉粿粹。

望著她熟練地推揉米糰，一旁的我躍躍欲試。她教我大糰分出小糰，搓成長條，接著截成小塊，放在手掌心滾壓搓圓，沒耐心一顆一顆來，又想挑戰同時可搓揉幾顆圓仔。媽媽拿一塊米糰，把「紅番仔染」摻入，少少紅色粉末濃度極高，隨著媽媽的推揉暈染開來，像朱紅熱情彩帶飛舞，這一幕總讓人目眩神迷。揉捏完工的小圓仔呈粉紅與白兩色，粉紅圓仔下鍋煮好，就變喜氣洋洋的鮮紅。

長輩說，吃下冬節圓仔就多一歲。小朋友一心長大，每一個都喜歡吃湯圓。

大灶白磁磚檯面，放著小碟糖果酥餅，插上小紅官帽摺紙供奉灶神，少不了喜氣的紅白湯圓，用意是希望灶王爺吃到甜味，到玉皇大帝面前幫家人多說好話，庇佑新的一年平安順利。

「補冬補嘴洞」是人們耳熟能詳的台灣俚語，家家戶戶把握冬令進補時機，山珍海味煲盅燉湯，烹製八寶糕點甜食，補足元氣迎接新年。

一口大灶架上蒸籠炊煮，變出紅龜粿、發粿、草仔粿、壽桃、麵龜、年糕等等，敬奉天神，祭祭五臟廟，喜氣連年情意濃。

雨仔來來，掠雞仔起來刣

小時候最痛恨拔草。田裡的「豬母奶」和雜草，總是野草除不盡，春風吹又生。媽媽一聲令下，我們三兄妹各個垂頭喪氣，穿上粗布長袖衣褲，戴上汗味辛酸的斗笠，準備鐮刀和手套就分頭騎車出發。

到了菜田，天高皇帝遠，拔草工作又單調，有時耐不住無聊，索性打混摸魚。拿鏟子鬆土挖地洞，或把瓢蟲放在手掌，看牠爬過皮膚細細癢癢，隨便抓一隻軟溜的蟲子，抓把青草胡亂切切弄弄，自得其樂辦家家酒。

媽媽派給我們揀菜或除草工作，我們三個可說忠心耿耿，使命必達。三兄妹分成三個田埂進行，妹妹年紀小動作慢，又時常不務正業，看著兩個哥哥專心趕進度，距離拉遠難免心慌，不敢落後太遠；最後誰的範圍率先完工，也會回頭伸出援手。

不知道為什麼，強烈使命感竟然風雨無阻。變天下雨時，頭上的斗笠發揮功用，大夥共通默契就是趕快工作，完工就能落跑。

大雨無情落下，打在斗笠發出啪啪聲響，水滴自稚嫩臉龐滑落，兄妹們一個個神情凝重，處處泥濘又拖延效率，誰發出一聲慘叫，誰又說一句「分不清臉上是雨水還是淚水」，把大家逗笑。一陣笑鬧，大的就會嚇唬小的還不快點，等一下大家都跑光光。

乾燥的菜田拔草，其實還算輕鬆。最怕輪到溪邊稻田，穿著長筒雨鞋在泥濘中跋涉，寸步難行，稻間常見的「稗子」，簡直是偽裝高手和心腹大患，長得和稻子一模一樣，極度考驗耐心和眼力，彎腰除草沒多久便腰痠背痛；當年不知哪個「青仔欉」引進福壽螺，一時氾濫鄉間所有稻田池塘，處處可見一撮撮紅艷螺卵，莊稼收成不易，遇見紅卵必除之而後快。

家裡遇到秋收雇用工人，或是父母在田裡趕工難以抽身，媽媽會提前交代我，準時煮好鯖魚米粉湯，用提籃裝好食物和碗筷送到田裡。

揮汗勞動，用簡單食物止飢止渴，順應自然，貼近大地，生活所見所感，都是樸真又踏實。

夏日午後雷陣雨，我們兄妹訓練有素，察覺烏雲聚攏，天色暗下，吹拂皮膚的風中帶有水氣，苗頭不對，顧不得玩樂興頭中，快快拔腿衝回家。有時要搶收院子晾曬的衣服，有時要搶救曬穀場的稻穀。從屋簷下抓來耙子，快速耙攏地上的稻穀，蓋上藍白條紋大帆布遮雨，再搬來幾塊紅磚鎮壓帆布，環顧四週安置妥當才能鬆口氣。

雨天農事暫歇，爸爸仍需穿上雨衣，跨上川崎125出門工作，溪邊的稻田四周，要預先設置排水，安頓機具避免受潮。小時聽聞農人遇到雷劈喪命，暗自期待爸爸的車聲早點回家，看天吃飯的宿命何時休止。

只有雨天，全年無休的媽媽才放假。

「雨仔來來，掠雞仔起來刣。」媽媽教我如何用雙腳架住雞身，把碗擱在牠的脖子下方預備承接，看著菜刀動作接下來這一幕，小時便有自知之明，永遠下不了手。可是媽媽不行，天塌下來也要勇敢扛住，為了填飽一家人肚子，也要咬牙動手。

超市的魚肉分裝現成，好運如我，得以從時代的巨輪下倖免，某些揪心技能總算用不著。多少從業人員不辭辛勞扛起，讓我們得以高枕無憂，活在安逸太平盛世。凡此種種，真要心懷感激。

紀念愛吃麥仔煎的印記

老爸的小妹嫁到北港，為了與村裡的大姑姑區別，我們稱呼北港姑。從小就像男人婆的她，與女伴花枝招展出遊，若遇到小混混輕慢調戲，她就化身女漢子，抓起小刀追趕那些惡棍。她與姑丈經營輪胎廠，大卡車要換內胎，她手腳俐落快狠準，握起拳頭把內胎槌進輪框，若無其事說道，這要拿工具就太慢了。

輪胎廠就在馬路邊，上面四層樓是住家。粗重的工作之餘，家中還養育三男一女，每次與表姊在樓上玩耍，脫鞋走過清涼潔淨的磨石地板，總是欣羨不已。表姊的性格有乃母之風，我們倆一起洗澡嬉鬧，胡亂潑水，發覺耳朵進水，她教我把水灌進耳朵，歪頭傾倒，耳裡積水就會一併流出來。頭一次學著心狠手辣，對於平素待在鄉下與外界隔絕的我而言，簡直不可思議。

每年農曆三月十九，正是北港媽祖出巡遶境的盛會。家家戶戶辦桌大拜拜，經常讓聯外要道北港大橋擠到水洩不通。當天爸爸會提早從田裡回家，在附近池塘洗去雙腿汙泥，全家梳洗換上漂亮整齊衣裳。老爸預先綁上支架延伸後座，一家五口疊坐川崎125，身形最小的我，照例坐在老爸身前油箱蓋上，屁股下的彆扭顛簸，為了趕熱鬧就不會在意，反正忍耐半小時就會到。全家隨著轟隆隆引擎聲，揮不去迎面撞上的小蚊蟲，浩浩蕩蕩往鑼鼓喧天的北港鎮出發。

北港姑家賓客雲集，流水席臨近馬路，眾人開懷品嚐山珍海味，杯觥交錯之際，也會看到表姊全身妝扮像個洋娃娃，坐在藝閣花車上頭，笑咪咪向我們揮手。媽祖神轎遶境隊伍所到之處，歌舞音樂震耳欲聾，煙火爆竹沿街轟炸，再加上陣頭隊伍敲鑼打鼓，日常的辛勞與煩憂，全都淹沒在熱鬧歡慶氣氛之中。

酒席告一段落，我會跟隨媽媽到附近大姨家續攤。媽媽的大姊也嫁到北港，姨丈開水果行，托他們的福，經常送各種瓜果到鄉下給外公外婆和我家，鄉下人愛惜物資，就算偶有嗑碰或蟲咬，賣相不佳，大夥一概欣然享用，更何況能省下許多家庭開銷。

爸爸十歲不到就跟隨外公，徒步挑擔到北港賣菜。成家之後依舊勤耕福田，種菜養活一家大小。小時候總是翹首盼望爸爸賣菜歸來，機車引擎隆隆由遠而近，等不及摩托車卸貨停妥，急著衝上前去接住北港帶回的「麥仔煎」，小腿上被火熱的排氣管燙出一個疤，留下愛吃的印記。「麥仔煎」類似台式鬆餅，或大型銅鑼燒，切成三角型，外皮有如蓬鬆蜂窩組織，夾藏花生、紅豆、芝麻等內餡，台北有些熱鬧市集也有販售這款美味甜點。

爸爸在北港賣完菜，會就近在市場採買民生用品，還有孩子喜歡的零嘴，許多古早味小餅乾，諸如「咖哩咖哩」，「麻花捲」，「菜圃餅」，「耳朵餅」，整個量販包大袋運回來，夠我們三兄妹解饞好一陣子。

有一次爸爸腎結石，去北港住院治療。當時還小，頭一次到醫院，探望爸爸之後，在走廊四處穿梭遊蕩，看見牆邊陳列幾個大玻璃罐，罐裡用福馬林浸泡許多人體器官，仔細端詳驚奇不已。

北港姑前來關心老爸，之後帶我到外頭冰果室，讓我挑選菜單上的甜品，等到布丁送上座位，她耐心教我把布丁倒扣盤子上，摘下容器底部小塑膠釘，真空破壞，布丁就順勢滑到盤子上。

厚厚焦糖香濃，在細嫩雞蛋布丁上面濃到化不開，那是童年的味蕾新奇冒險，也是濃郁的親情滋味。

外公院子的白日夢小木屋

外公家後院，原先種滿各種果樹，靠近廚房那頭的龍眼樹最高大，遮去夏日酷熱豔陽。龍眼樹旁有一棵楊桃，盛產的季節，我們兄妹和幾個表哥幫忙摘果，有的爬到樹上，有的在樹下抓好大麻袋接應，摘了又摘，分送鄰居也吃不完，紛紛掉落地上熟爛，老遠就聞到楊桃發酵的氣味。

楊桃的吃法，最省事就是洗淨切片，沾點蔗糖，脆脆的糖粒融合酸甜多汁果肉，忍不住一口接一口。媽媽有時會把楊桃切塊，加糖燉煮放涼，整鍋送進冷凍庫，就成美味消暑楊桃冰。

外公後來砍掉楊桃樹，原地蓋起一棟小木屋，用來存放農具、柴薪，還有腳踏車和摩托車。木屋內側角落設有木頭通鋪，一扇簡陋木窗，蟬鳴吱吱的午後，只要把木棍撐開固定，窗外微風吹來，催人進入溫柔夢鄉。

這一方祕密基地，想是幾位哥哥姊姊時常造訪，牆邊、天花板縫隙間，夾藏許多漫畫、武俠小說，翻翻看看讀到入神，時而拍案叫絕，有時難免撞見臉紅心跳的情節。

木屋裡的雜書奇遇，開啟日後四處造訪書店、圖書館，大量翻閱書籍的旅程。

床邊有一副紙牌，陪伴徬徨時期的我練習獨處。單人撲克牌遊戲，一輪接著一輪，三張加總等於九，十九，廿九，所有的紙牌順利收拾後，盼望愛神眷顧，送來桃心，一邊排列，一邊祈禱象徵厄運的黑梅花和黑桃心不要現身。

青春年少，手上大把光陰，不惜揮金如土。

每年暑假，幾個鄰居姊姊從外地回鄉下，穿著打扮變得時髦，黝黑的膚色也更顯白皙，她們透過親友介紹，有些已開始學習美髮美容技能，有的則是到桃園、新竹附近工廠打工，組裝各式亮晶晶聖誕小吊飾。

姑姑的大女兒嫁到北台灣，在萬里經營自助餐館。暑期正值海邊戲水旺季，遊客絡繹不絕，小吃店忙不過來，二哥和表哥書通前去表姊便當店幫忙，忙完空檔就到海邊玩水，暑假結束回家時，一身膚色曬得又黑又亮。

到外地冒險回來的哥哥姊姊們，送給我新奇吊飾和禮品，眉飛色舞地分享工作心得，滔滔不絕訴說一路上遇見的新奇故事。羨慕他們已經開始打工存錢，雖然年紀小哪裡也不能去，心底的夢想悄悄萌芽，外面的世界天大地大，精彩萬分，有朝一日，我也會前往未知遠方，追尋屬於自己的未來。

一年又一年，同伴一個個離家遠走，知己難尋，陪伴自己變成永恆課題。小木屋承載成長歲月無人傾吐的心事，是安心躲藏的心靈避風港，一個人望著蔚藍天空發呆，做些無邊無際白日夢。

白雲蒼狗，總是翹首遠方，總是盼望長大的童年。

出泥不染的野薑花

娘家現今的樓房，大約我讀高三時才完工，三樓透天厝前身是半個三合院，主厝五間成排，加上單邊護龍格局。起居空間由中央廳堂展開，左右兩間通鋪房間。

客廳的右側盡頭是廚房，厚實圓桌可容納十人入座，一口大灶坐鎮，「灶腳」旁邊就是浴室，方正簡單，一根金屬彎鉤扣門，關上之後，就是盡情沖洗，三兄妹各自唱歌哀號的天地。早期沒有磁磚與陶瓷面盆、抽水馬桶等先進設備，洗澡間是水泥磚牆，釘上長形層板可放衣物，木板上方陳列蜂王黑砂糖香皂、紫色波浪瓶裝的蜂王洗面乳。

當時還流行美達您洗面乳，按壓圓盤，由中間小孔擠出乳霜使用，淡淡花香令人難忘。全家都用小包裝566洗髮粉，以及廣告熱播的紅色塑膠罐裝蒂克牙粉。部分衛浴日本舶來品，是擔任遊覽車駕駛的大舅從外地帶回送給媽媽。

還有一個男人，偶爾從外地帶來香氛伴手禮，與媽媽寒暄敘舊，謙沖有禮，低調來去，數十年不曾間斷，是媽媽年輕時眾多追求者之一，過去同住村裡，後來到高雄成家立業，想是難以忘懷的情愫讓他不遠千里回鄉探望，一向心胸豁達的老爸不以為意，大家心照不宣，就是君子之交淡如水。

大廳前方就是庭院，「門口埕」堪稱多功能廣場，舉凡泡茶賞月、辦酒席、唱歌跳舞都好用。孩子們在此溜冰、玩跳繩、踢銅罐子、一二三木頭人；年節大掃除沖洗家具，拍打棉被；平時曝曬花生，蘿蔔乾。秋收時期，黃澄澄的稻穀一字排開，亦是嘉南平原日常景象。

舊時護龍房舍，養些雞鴨家禽，還有不時傳來拱拱聲響的豬圈，每日剩飯殘羹餵食，等同農家小額儲蓄方式，等到豬仔長成肥肥壯壯，幾人共同綑綁搬運，送上貨車，淒厲叫聲響徹雲霄，養豬千日終須一別。

覬覦雞隻和雞蛋，豬舍附近常有蛇類出沒。某個鄰居伯伯是殺蛇專家，一日在庭院架上竹竿，懸吊蛇頸，直刀沿著蛇腹畫下，詳細解說各個部位，示範取下內臟方式，生吞蛇膽，驚呼騷動傳出，左鄰右舍紛紛前來圍觀。

稍晚，爸爸端出蛇湯，見我面有難色，用香味說服我嚐試，父女倆坐在院子長凳一起享用；蛇肉質地比雞肉還細嫩，薑絲米酒爽口去腥，口感不輸魚湯，出乎意料鮮美清甜。

豬舍旁邊角落設有茅房。小時候不管大號小號，都要走到庭院邊陲地帶廁所解決。天黑扭開燈泡，廁間氣窗垂掛鱷魚蚊香，蚊子大軍照樣趁人之危猛烈攻擊；內急說來就來，就算天公不作美，風雨無阻，抓起牆邊高掛的斗笠勇往直前。

庭院矮牆邊種滿野薑花，蓊蓊鬱鬱，幽香宜人。夏日雨後白花開放，隨風送來濃郁芬芳，孩童有樣學樣，摘下花心，吸吮甜甜的蜜汁；我與奶奶也時常摘花擺放供桌，一束馨香是虔誠禮佛的心意。

總是這樣，花蕊奮力綻放美麗，轉眼凋謝。花謝有時。「勸君莫惜金縷衣，勸君惜取少年時」。

孤芳自賞的月下美人曇花

初夏深秋，是曇花開放的時節。曇花潔白高雅，芬芳嬌媚，贏得許多如夢似幻之美名，如月下美人、瓊花、葉下蓮、金鉤蓮、鳳花。童年大約七零八零年代，普遍較少影音娛樂，家戶鄰里時興種植觀賞月下美人，茶餘飯後以此話題附庸風雅一番，為平淡生活帶來些許雅興趣味。

雖說平時以花朵聞名，這種植物可說神祕又神奇，除了觀賞價值，人們常取下花朵當作食材，煎、煮、炒、炸、涼拌皆宜，常見簡易料理有煎蛋、蛋花湯。花朵曬乾亦供入藥，具有清肺化痰等功效。

小時候，爸爸種的曇花是好友贈送。屋簷下的蛇木盆栽高高聳立，曇花是仙人掌科，肥厚的莖葉就依附黑色的蛇木柱而生，平時家裡泡茶剩下茶葉渣，就隨意鋪在蛇木旁邊，盆裡還有一些蛋殼，這些會釋放微量元素，供給曇花養分。

曇花的成長，從播種到開花需要五年，五年只開一次花。於夜間九點至十二點開放，全開只約十五分鐘，凌晨前即凋謝；有如白居易的詩中境界，「千呼萬喚始出來，猶抱琵琶半遮面。」也正因這種深夜開花、孤芳自賞的特性，人們難以一窺究竟，更勾起強烈好奇心。

一日，廳前的曇花含苞欲放，大人難掩興奮神情，向兒女預告入夜之後，仙花即將開放，簡直千載難逢盛會。爸爸將盆栽移入客廳，孩子們強忍睡意，就著陰暗光線整夜守候，互相打氣提振精神，終於等到花瓣全然舒展，看見包覆在雄蕊中的細長白鬚雌蕊，巧妙有序彷彿煙火綻放花心，花蕊深處錯落雅致，有如仙境國度之神祕宮殿。

人說一花一世界，此言果真不假。客廳瀰漫幾縷幽香，尋常人家的氣場悄悄變化，一夜之間如同仙人降臨，冰清玉潔令人不忍逼視。

民間對於此花有一個淒美傳說，因情節有些怪力亂神，簡敘大致內容是，女子與男子有情無緣，最後愛人早已忘懷自己，女子依然傾盡所有，只為見他一面而甘心死去。

曇花為了摯愛相許的愛情並不是「曇花一現」，而是「傾注一生之美」。因此，曇花的花語，是對愛情的思念、付出一生的追求、犧牲自己的意思。

君不見彩虹，山邊谷地氤氳幻夢中翩然降臨，在人們流連忘返之際，隨即消逝無蹤。世間所有璀璨奪目，彩虹、煙火、轟轟烈烈的愛情，有如曇花一現，在最依戀的時刻，轉眼消逝。

我們的一生，何嘗不是如同沙灘上的城堡，迷霧蒸騰中對鏡寫下的誓言。說是殘酷，也是公平。

不論風花雪月，愛恨情仇，時間的浪潮，終究把所有都帶走。

她，總是把制服黑裙改到膝上長度，白色上衣背後熨燙幾條直線，國中生側背腰臀間的書包，她自創風潮夾在腋下。學校規定清湯掛麵短髮，她一向都是頂著長度超過衣領的流線髮型。修長勻稱的身材，旁若無人的神態，加上全身標新立異的裝束，教人不注意她也難。為了保護當事人隱私，暫且稱她小麗。

民國七十五年，嘉義縣立新港國中，有一位嚴厲的訓導主任，鼎鼎大名的簡久壽老師，專門對付作亂學生，作風快狠準，人人聞之喪膽，背後幫他取了一個不雅綽號「夭壽仔」。小麗的一言一行，在他人眼中簡直挑戰體制，相信她不是對訓導主任沒有恐懼，也不是師長准予特權，實在是警告、小過、大過都記滿，早就無感，校方也拿她沒輒。

一次暑期混班上課巧妙安排，可能因為兩人身材高大，同坐教室後方，或是因為一時談得來，得以跟樓上樓下不同班級的她結為好友。

假日午後，我與小麗相約出遊。豔陽當空，好友作伴騎車，自鄉間田野呼嘯而過。夏天的柏油路，熱氣蒸騰舞動海市蜃樓的光影，烈日刺痛皮膚也毫不在意，一路歡快同行。行經一處菱角池，兩個很有默契使一下眼神，索性停下單車，趁四下無人跳上菱角船，孰不知木板船身單薄，禁不起劇烈晃動，一個重心不穩，撲通應聲落水。

兩個像脫韁野馬，果然印證「賊星該敗」。還好菱角池塘水深及胸而已，兩人瞧見對方一身泥濘，混雜幾團糾纏的水草，一副落湯雞的狼狽模樣，忍不住笑成一團。

這副模樣回家恐怕會挨罵，稍後神智恢復清醒，想起一位女同學家住附近大潭村，再度跨上鐵馬，兩個不速之客，沒多久順利抵達女同學家。表明來意後，女同學與家人殷勤接待，我與小麗得以梳洗整裝；眼看天色暗下，回家還有一段路程，只好匆匆道謝告別。

回到家裡，父母尚未進門，大大鬆一口氣，把握時間，該洗的洗，該藏的盡快湮滅證據，就這樣度過心驚膽跳又冒險刺激的一天。

小麗邀我去她家玩，她住在新港奉天宮附近熱鬧大街上。客廳空無一人，座椅和茶几擺滿「新港飴」的包裝用品。她教我拿過軟糖，取一張薄如蟬翼的糯米紙包起，外面再包裹透明膠紙，兩端扭緊即可。她說媽媽到外地工作，長年見不到一面，單親的緣故，平時與親戚或奶奶同住，家人都在包裝糖果，用零星收入貼補家用。

就在那一天，以往對小麗的印象，悄悄產生變化。自己的家庭不論晨昏晴雨，都是一家五口互相照應，雖無錦衣玉食，至少和樂融融，長年見不到至親的滋味著實無法想像。

家家有本難念的經。在學校見面，她還是一樣我行我素。沒有人知道她泰然自若的微笑背後，不論老天給予好壞牌局，一向獨立韌性，永不低頭。

月是故鄉圓之古早鳥仔餅

俗話說：「滿月圓，四月桃，週歲是紅龜。」小嬰兒因其成長不同階段，滿月時要煮湯圓，四個月大則吃烏豆沙餡的紅桃，滿一歲分送親友紅龜粿，分享喜悅與祝福。

寶寶出生滿四個月進行「收涎」儀式，台語稱「收瀾」，將紅線串成十二或廿四個中央圓孔的「收涎餅」，掛在嬰兒脖子，請親友鄰居折一塊餅，在嬰兒嘴唇旁比劃說些吉祥話：「收涎收俐俐，明年招小弟；收涎收乾乾，明年叫阿爸。」祈願孩子平安長大。

四十多年前的訂婚喜餅，按照各家禮數習俗，也常見一次訂製動輒百斤。人人傳頌的台語童謠：「白翎鷥，擔畚箕，擔屆溪仔墘，跋一倒，撿一錢，買大餅，送大姨。」其中「大餅」指的就是婚嫁禮餅。隨著時代變遷，如今各家糕餅鋪常態製作喜餅，人們到鬧區街坊店面或是各地觀光老街，也能隨時購得碩大的禮餅一飽口福。

按照中國人習俗，長輩做壽，人們用紅龜粿、壽桃來祝賀，紅色糕點增添家中喜氣洋洋。

小時候常常翻開牆上厚厚的日曆，盼望中秋到來。家裡準備拜拜，頓時氣氛忙碌熱鬧起來。黃昏時分，老爸把茶几搬到客廳前方院子，取出長長鳳梨刀，公開斬首柚子，半開玩笑說一句「刣賊頭」，暗指殺雞儆猴，希望宵小不要光顧。殺完柚子，小朋友把取下果肉的柚皮戴在頭上，大人都說柚子帽會讓頭髮烏黑柔亮。

古時傳說月餅內餡塞入紙條，作傳遞訊息之用。農曆八月十五，親友互贈精美月餅禮盒，鐵盒裡面佈滿紅綠鮮豔蓬鬆細絲，用來避免月餅碰撞。每一個月餅或方或圓，模具印出凹凸圖騰，用月亮、兔子、嫦娥等圖案刻畫月娘傳說，有些則是印上典雅祝福字樣，洋溢東方韻味，左瞧右瞧都是藝術創作，大口咬入前，常要躊躇再三。

舊時月餅，常見口味有桂圓、豆沙、蓮蓉、伍仁蛋黃，以及香滑肥膩的冬瓜肉餅。現代人注重清淡養生，油脂豐富又甜滋滋的滷肉月餅，成為難忘懷舊好滋味。

中元普渡那天，媽媽在廚房大展身手，張羅大魚大肉各式供品，還有市售一種糯米製成的「鳳片糕」作成牲禮。三兄妹跟前跟後，幫忙點香一起拜拜，陪著媽媽燃燒金紙，風向一個不留神，時常嗆到淚流不停。等到午後暑氣漸消，燒金塵埃落定，祭拜儀式告一段落，我們兄妹迫不及待抓來「鳥仔餅」享用，肥肥的小鳥討喜造型，眼部點上紅色記號，包裹在層層酥皮內裡，是香甜綿密的綠豆沙。小小「鳥仔餅」口感紮實夠份量，是至今難忘的糕點之一，也是嘉南平原幾個縣市獨有的特色點心。

「鳥仔餅」的滋味，像極了北台灣流行的「李鵠」綠豆椪。雖然「鳥仔餅」整體質感稍嫌粗糙，表裡亦不如名店細緻；畢竟青菜蘿蔔各有所好，個人還是偏愛古早味「鳥仔餅」。

不為什麼。離鄉背井的人會懂，月是故鄉圓。

人間有情欲走還留

從小學開始，幾乎每個週末，一個人帶著臉盆和洗衣刷，盆裡倒一些白蘭洗衣粉，拎著書包、球鞋，到附近池塘岸邊，裡外前後仔細刷洗，眼看髒污的表面變成乾淨雪白，心情踏實滿足。

穿上洗淨的球鞋上學，同學會誤以為新買的鞋。羨慕別人有新穎款式的運動鞋，只能等到鞋子開花或開口笑，才好意思提起，讓爸爸載到新港街上買新鞋。

書包自己要求乾淨之外，還要筆挺整齊。畢竟是務農小康家庭，能就地取材手做，就不會花錢買。爸爸依照書包尺寸，幫我裁製「工」型隔板，這樣書包內部就可分類收納，外觀也不會因為移動而皺褶彎曲。

小學規定穿制服，大家都穿太子龍浮水印廠牌，如同廣告歌唱的，「磨不破，磨不破，太子龍不怕貨比貨；不會縮，不會皺，太子龍只怕不識貨，啦～啦～啦，強力太子龍。」

就連這種布料厚實，耐操耐磨的卡其襯衫長褲，活力強大的兒童拼命溜滑梯，滑壘犁田，追趕跑跳碰，照樣穿到破洞，屁股開天窗，回家給媽媽巧手補丁車縫後，容易破功的膝蓋屁股加厚加強，上學又是一條好漢。

總有幾個時節，雨季，颱風輪番上陣。運氣好遇到綿綿細雨，「囝仔人咖稱三斗火」，自然乾就行。有時天色說變就變，傾盆大雨，雷聲轟隆，四周頓時陷入一片黑暗。放學回家沒有雨具，狂踩單車在雨中奔馳，雨水敲打皮膚、迷濛視線，只要把書包安頓後座躲雨，一路淋成落湯雞別有一番趣味。

趁著落雨，動員家中大小面盆水桶，放在前廊承接屋簷流下的雨水。除了家庭清潔洗滌用途，雨水特別純淨甘甜，也會用來煮水泡茶。

鄰居姊姊分享節能妙招，趁著白日炎熱，把臉盆水放在庭院，大塑膠袋剪開，覆蓋盆上固定，利用太陽能自動加熱，黃昏就有現成的洗澡水。

只有雨天才放假的媽媽，依然馬不停蹄，一雙巧手車縫拼布被單枕套。生來就是農家子弟，成年又接受長輩安排與同村青年成婚。低頭專注踩踏縫紉機，年幼的我不曾理解她的美麗與哀愁，她的遺憾可曾停歇。抑或，心底惆悵依舊永無止境。

直到我成年後，在三姨家看到舊日黑白照片，不經意聊起往事。她說，媽媽出嫁前一晚，一邊踏著裁縫車準備下田防曬用的「腳交手龍」，難忍悲從中來，淚流不止。

村莊長輩，也曾聽聞誰不堪婚姻生活困苦，含淚離家出走，終究不捨孩兒回歸家庭。

女人的性別是帶著原罪的宿命。令人無法置信的是，廿一世紀的今天仍有「童婚」現象。包括自許先進的美國，世界各角落仍有近億女童，受習俗與自私父母牽制，被迫與陌生人、甚至加害人成婚。

在新聞畫面看見身著血紅嫁衫，長輩簇擁中痛哭掙扎的女孩，令人心如刀割。

一旦生兒育女，更多一層枷鎖和牽掛。一邊是無邊無際的自由天空，另一邊是寸步難離的家庭責任。

每一個勇於承擔的人，肩頭自是沉重。

年屆中年，捫心自問，倘若選擇不婚，或是責任與親緣一旦抽離，何嘗能夠忍受漫長歲月無依無親的虛無。

人間有情，總是欲走還留。

恆久守候的「石敢當」

七零年代鄉下醫療資源貧乏，沒有產檢，更不可能有超音波檢查，生下嬰兒就像開獎，幾家歡樂幾家愁。鄉下人單純想法，生養男孩就是莊稼幫手，聽說我呱呱墜地那天，爸爸從產婆嘴裡得知是女娃，撂下一句「生查某囡仔要做啥」，頭也不回就出門。

做人要憑良心。上面已有兩個哥哥，還如此不通人情，教分娩虛弱的媽媽情何以堪。爸爸出去散心找朋友，兜轉一圈回家，不敵內心柔軟的一面，又回房探看媽媽。襁褓中的小女嬰，專心吸咂棉球糖水，天真表情融化他的心，忍不住靠近臉龐磨磨蹭蹭。

經由媽媽轉述，得知爸爸從小對我疼愛有加。大約三歲，鄰居有人帶我到村廟那邊，爸媽在幫人採收花生。見到小女兒跑進田埂，爸爸連忙丟下手邊工作，遠遠跑過來一把把我抱起。

爸爸經年日出而作，日落而息，每天揮汗下田，心裡仍惦記著小蘿蔔頭。有時回家停妥摩托車，趕緊掏出懷裡的小鳥、小兔子給我。

他的性格一向認份樂天。年輕時因故與某個鄰人結怨，多年後見到那人行止微恙，徒步經過大門前，只見爸爸用爽朗的聲調，遠遠對那人打招呼，喊他「換帖仔」，意指拜把兄弟。

爸爸從田裡回家，大汗淋漓，趁他去沖涼梳洗，拿出冰涼綠豆、米苔目沖些蔗糖水，再丟幾顆冰塊進去。一碗平淡無奇的甜湯下肚，他就忘卻疲憊，露出心滿意足的笑容。

小時候流行一種零食，大小粉彩人偶糖果，人偶上端繫著整把棉線，一塊錢抽一條線，得到大塊小塊糖果全憑運氣。家裡偶爾會有好吃的餐點，或是家事和工作，三兄妹不一定能公平分配，爸爸就會隨手抓起灶前柴薪，折斷幾小枝或長或短，握在手心，只露出排列整齊的頂端，三個小孩從小培養默契，願賭服輸，抽到長籤短籤都要甘願，大不了彼此哈哈嘲笑一番，或自認倒楣。

升上國中邁入青春期，深怕皮膚曬黑，也仗著自己讀升學班功課壓力大，常常藉故不去田裡。黃昏兩個哥哥結束工作，灰頭土臉進家門，遠遠就會調侃偷懶的小妹，「好命子，都不用去田裡！」窩在房間雖然竊喜逃過一劫，又不免一陣心虛。

國中階段，學校有一份資料需要填上血型。那天爸爸難得放下工作，專程到學校接我，前往衛生所抽血檢驗。每個學生正襟危坐上課，爸爸帶著我悠哉穿過教室長廊，把那些好奇張望的男生拋到腦後，感到前所未有的威風。得知我和爸爸一樣都是AB型，無形中的聯繫，讓我時常回想印證，性格熱情冷靜之間，一言一行細微巧妙處，常有似曾相識之趣。

北上讀書就業，從此離鄉背井，再也沒有窩在爸爸身前耍賴撒嬌的特權，也漸漸習慣報喜不報憂。無論在異鄉遇到辛酸挫折，一到年節回鄉之日，爸爸接到電話到新港街上接我，坐在川崎125後座抱住他的背，穿過鄉間小路，就像飄搖的小船回到避風港，所有陰霾都會煙消雲散。

一次和爸爸院子閒坐，討論一顆半人高的大石頭去留。我告訴爸爸，澎湖有個習俗，家戶門口放一顆石頭，當地人稱作「石敢當」，用來避邪保平安。幾個月後回家，看見大石上面，留下豪邁毛筆字跡，寫著「石敢當」。

家人和親情，從來都是稀鬆平常，理所當然，直到離家好遠才驚覺，天塌下來有爸爸扛著，這個靠山，是許多人終其一生無法得到的幸福。就像恆久守候的「石敢當」，日復一日默默關愛，穩若磐石。

地上的赤羌仔和樹上的知了

童年就是，抽屜一打開，一堆花花綠綠的玻璃彈珠嘩啦啦滾出來。每一顆琉璃珠晶瑩剔透，就著陽光靠近端詳，珠子中心的繽紛彩帶，像楊桃一樣稜角分明，別有洞天。

雜貨店販售一種塑料彈力球，掌心大小，紅橙黃綠爭奇鬥艷，有些溶入流沙般顏彩，有些摻雜閃閃亮粉，小朋友彼此較勁，奮力挑戰彈跳極限，一不留神，圓球便會溜到大通鋪床下角落，小孩手短搆不著，只好宣告放棄。過年大掃除，媽媽一聲令下，動員全家把房間櫥櫃搬到庭院，通鋪木板一片片拆除，水管牽進臥室上下沖洗，把水泥牆壁和地板沖刷清潔溜溜，久違的彈力球這才重見天日。

村裡小孩呼朋引伴，跑到池塘邊廢棄房舍摘龍眼，孩子有樣學樣，輸人不輸陣，掙扎踉蹌也要爬上枝頭，現摘的龍眼甜美多汁，填進肚子省去攜帶麻煩。龍眼樹下的黃土地，遍布昆蟲的足跡，有許多細小顆粒堆高的蟻丘，還有許多俗稱「抖杯仔」的蟋蟀進出的圓孔。勤快的孩子拎著容器到池邊裝水，蹲在地上，聚精會神「灌抖杯仔」。另一種類似蟋蟀的昆蟲稱作「烏龍仔」，沒有挖洞習性，找尋難度更高，是大齡孩童口耳相傳又暗中較勁的神祕物種。

搜尋網路資料，偶然發現這段文字，「黃斑黑蟋蟀屬於直翅目蟋蟀科，又名烏龍仔、赤羌仔、黑蟋蟀、雙斑蟋蟀。」小時候二哥給我取綽號「赤羌仔」，多年來誤會是指「赤薑」嗆辣，取笑妹妹「恰北北」，二哥與世長辭無從追問，今天意外真相大白。

腦筋靈活的大孩子，自己用紙箱培育蠶寶寶，四處摘採桑葉，找小學童兜售賺外快。還有人到樹林蒐集蟬殼賣給中藥行，「蟬蛻」，又名蟬衣、蟬退、知了皮，是一種中藥材。有些孩子會拿烏黑黏稠的柏油，塗在竹筷頂端，綑綁到晾衣服的長竿上頭，撐舉苦苓樹高處黏補「知了」。

又黑又黏的柏油，台語叫做「點仔膠」。鄉下人過去常打赤腳，就像朗朗上口的童謠，「點仔膠，粘到腳，叫阿爸，買豬腳，豬腳箍仔滾爛爛，餓鬼囝仔流嘴瀾。」短短幾句，生動喚起光腳四處跑跳，腳底熱燙燙的回憶。

兒子兩三歲時，時常家人盤坐一起，台語念著「點仔點叮噹，油炒蔥，肉堅凍，黑貓王搤鐵鎚仔損屎礐。」一邊玩遊戲點指點兵，一邊輕戳兒子肉肉的小腳丫，經常把小寶逗得哈哈大笑。

兩個兒子最喜歡的台語「囝仔歌」還有這一首，「挨呼呼，刣雞請阿舅，阿舅食無了，偆一隻雞跤爪，阿媽捧去匼，阿孫仔桌跤蟯蟯軁，軁無湯呷，嗑刁灶岈。」懷裡兜著小兒，把他的名字帶入歌裡，一邊搖搖晃晃，唱完一股腦撲倒在棉被堆，小兒笑呵呵吵著再玩一次。

隨著童年回憶輕輕傳唱，久遠的故鄉也變得柔情溫暖。

包裝糖衣下的美麗與哀愁

大約進入小學，媽媽每天為我綁辮子。左右兩根麻花辮垂放肩頭，跑跑跳跳不致披頭散髮，母女兩人搬來板凳，坐在廚房門內梳理長髮，午後微風吹送，是農忙家庭難得的親子時光。

小學低年級，老態龍鍾的黃金元老師，時常一邊彈風琴，叫我上台唱歌，唯一一首指定曲是「我愛鄉村」。乍看以為是得意門生，平時倒沒有偏心寵愛。一日發現我與同學自修期間交談，大聲斥責一番，讓我罰跪講台。碰巧那一日，從來不曾到校探望的媽媽，騎車為我送來午飯，撞見這一幕很是心疼。老師看不過我的長髮，當著全班的面叫我前去，粗魯剪去額前瀏海，當眾受到羞辱，忍不住趴在座位哭泣。小小心靈不能理解，芝麻蒜皮竟引發一連串戲劇化處罰。

年紀小小，似懂非懂，班級座位每週輪替，總是盼望有一天，能與心儀的男同學同座，看對方又高又帥，距離產生美感，也因彼此不熟悉不了解，自動產生粉紅泡泡與朦朧美。

大約西元五零年代，早期政府為提升國民營養，與台糖等機構合作推廣食用酵母。台糖不斷改良，將健素製成丸狀，外層加上糖衣，有可可、香蕉、檸檬、草莓、鳳梨、蘋果等口味，之後升格為「健素糖」。

早上下課活動時間，老師在教室發下「健素糖」，每個人桌上都有一撮多彩繽紛的小圓糖。由於是酵母製成，口感黏牙之外，帶著濃濃飼料氣味，有些同學早就敬而遠之，紛紛推給不太挑食的我。身高長到一百七，骨架壯碩，也許這些糖球也有功勞。

同學間互通有無，有時分派到的視運氣而定，好壞不能挑。課桌座位風水輪流轉，換我與來自弱勢家庭的女生同座，不僅要忍受某種酸腐氣味，她身上一種神祕物體，跟著乾坤大挪移，神不知鬼不覺。

某日，媽媽照例為我綁頭髮，梳開一看不得了，一顆顆細小白色「蝨母卵」附著髮絲。那天午後，我坐在媽媽跟前，她就像為小猴子挑揀寄生蟲，翻翻找找，一個迷你卵包全不放過，花了一番功夫才消除殆盡。後來媽媽買來頭蝨藥水幫我洗頭，另一份讓我帶到學校，請老師讓該女帶回藥物治療，雙管齊下，總算徹底根除。

頭蝨與鄉下的牛蜱習性相近。「牛蜱」又名為牛壁蝨，外形類似甲蟲，生長於草叢中，依附溫血脊椎動物吸血為生。過去鄉下形容吝嗇的人，視錢如命，就像牛蜱吸血一樣只進不出。

幸運之神眷顧，終於如願與喜歡的男生同座，沒想到竟是惡夢開始。早期課桌是兩位相連，桌面中間畫線，標明楚河漢界，然而對方生性好動，成天用膝蓋撞擊桌腳，鼓起勇氣向對方提議制止，那人笑笑回應，動作變本加厲。忍無可忍去報告老師，好巧不巧，女老師生三個都是女兒，對成績優良的男生特別有好感，面對我的舉報完全置之不理。

為了配合規定，媽媽定期找鄰居阿梅，付她幾塊錢為我理髮。明知女孩愛漂亮，老媽偷偷眨眼，暗示阿梅不要手軟，剪短一點。竹林下微風習習，阿梅一邊熟練操持剪刀，一邊輕聲細語，時間就像池塘陣陣漣漪波光，溫柔悠遠。

阿梅在鄰里太太之間，是唯一公務員之妻。日日揮汗下田的媽媽，言談間很羨慕皮膚白皙的阿梅，說她好命。她的先生騎車到北港鎮上班，為人謙遜簡樸，兩人育有獨生子，鄉下安靜，雞犬相聞，不時聽見阿梅追打小孩傳來的哭鬧聲。

多年以後回老家，聽聞阿梅病逝，年方四十。心疼不捨之餘，不禁聯想主婦生活缺乏成就感，勞動不足是否導致機能退化，或與憂鬱症產生關連。

人人稱羨好命。包裝在光鮮亮麗糖衣下，有多少不足與外人道的空虛與苦澀。

一九六八年，動物學家模擬鼠類烏托邦，即知名「二十五號宇宙」實驗，在衣食無憂的情況下，「美麗小鼠們」出現沮喪與失序行為，走向衰亡。

時也，命也，運也。除了把握當下，人的生命卑微，渺小，宛若無聲流沙，終究沒有什麼能握在手中。

當媽媽追逐樊梨花

小學三年級，家裡有第一台黑白電視，厚重映像管年代，整台方方正正，旋鈕開關選台，反正只有台視中視華視三台，轉台還算方便。

後來黑白電視掛點，爸爸到新港買回更大電視機，雙門推拉對開，從此這台偌大國際牌彩色電視，成為客廳主角，晚餐時段，一家圍坐扒飯配電視，爸媽不在場時，有的想看卡通，有的非要黃俊雄布袋戲不可，兄妹也曾搶奪遙控器，差點鬧翻。

放學後做完功課放風，自動準時回歸客廳，守候熱門卡通《無敵鐵金剛》、《小飛俠》、《小甜甜》，還有風靡一時的北歐維京海盜卡通《北海小英雄》，小威摸摸鼻子，一個彈指就想出妙計拯救家園，俏皮慧黠的模樣，至今仍印象深刻。

生長在孤兒院、金髮碧眼的《小甜甜》，引領一時審美風潮，每個女孩紙上畫的，一律都是水汪汪大眼睛，搭配修長臉龐，頭頂捲曲波浪髮型。女同學間爭相傳閱分享的，還有一張張鮮豔多彩卡通紙娃娃，任意取下造型紙片，舉凡各式禮服、皮包、帽子等配件，都可任意組扣變裝。

當年普遍小康的社會型態中，紙片娃娃遊戲除了交流友情，增添話題之外，無形中滿足女孩們對美麗的憧憬，畢竟食衣住行無法與富人攀比，作些白日夢聊以慰藉。

轉來轉去，電視依然只有三台，分級分齡太麻煩，各種節目幾乎來者不拒。原本堪稱工作狂的媽媽，後來為了追劇，從歌仔戲追到黃梅調，從此準時下田回家。爸爸一度為媽媽作菜方便，把電視搬到廚房。楊麗花與許秀年主演《移山倒海樊梨花》，還有黃香蓮主演乞丐皇帝朱元璋故事《臭頭仔洪武君》，都是一時家喻戶曉的轟動節目。一個時段播完，劇情懸而未決，只能下回分曉，總是讓人激動扼腕，意猶未盡。

《七俠五義》由葉青與楊麗花聯合主演，楊麗花演南俠展昭，葉青演錦毛鼠白玉堂，兩人扮相一流，身段俐落帥氣，不只媽媽煮菜瀕臨燒焦危機，連我也深深沉迷。後來大家瘋迷八點檔《包青天》，歌詞靈活靈現，連孩子也朗朗上口。

「開封有個包青天，鐵面無私辨忠奸，江湖豪傑來相助，王朝和馬漢在身邊，鑽天鼠身輕如燕，徹地鼠是條好漢，穿山鼠鐵臂神拳，翻江鼠身手不凡，錦毛鼠一身是膽，這五鼠義結金蘭，七俠和五義流傳在民間。」

第一次當夜貓可能才上國中，一九八〇年代，台視午夜場的西洋電視影集，播出《如果有明天》（If Tomorrow Comes），改編自美國言情小說名家Sidney Sheldon原著，女主角崔西沉醉愛情，懷有身孕，卻受豪門未婚夫誣陷入獄。獄中遭人毆打流產，飽受摧殘的崔西痛定思痛，擦乾眼淚，日日咬牙鍛鍊體能，重新振作。擔任典獄長幼女褓姆期間，與獄友悄悄計畫變裝逃亡，逃離時間倒數緊迫之際，小女孩意外落水，崔西無法見死不救，奮勇跳水救起女孩，陰錯陽差獲得特赦。自此蛻變重生，崔西踏上詭譎多變的人生險途。

寂靜深夜，一個人揪心不已，命運如風雨無情襲來，內心隨著劇中人澎湃沸騰。接下來的日子，迫不及待去找書，加入漫畫小說出租店會員，認真搜括皇冠出版的Sidney Sheldon等人的翻譯小說，欲罷不能。

青澀懵懂少年時，有這些影視節目，漫畫小說，陪伴獨處時光，走過徬徨與茫然歲月，也是難得享受與救贖。

外公用月亮為愛女命名

外公是個務農的文人，日據時代在村廟學堂任教，飽讀經書的他，與外婆生養二子六女，用月亮為愛女命名，除了大女兒蓮招，其餘分別是月女，月粧，月燕，月釵，月華。大家叫慣小阿姨阿華，不知從幾歲開始，外公為她更名彩微。

成年後，無意間讀到《采薇》是《詩經》的《小雅》一章，詩中唱出從軍兵役勞苦生活，思鄉愛國的情懷；小阿姨轉述同事所說，這是讀書人取的名字。外公取其諧音，以「微」代「薇」表示排行最小，彩微二字，謙遜中自帶光華。詩屬長篇，僅此節錄其中兩段欣賞。

「采薇采薇，薇亦柔止。曰歸曰歸，心亦憂止。憂心烈烈，載飢載渴。我戍未定，靡使歸聘。采薇采薇，薇亦剛止。曰歸曰歸，歲亦陽止。王事靡鹽，不遑啟處。憂心孔疚，我行不來！」

美麗的阿姨們，一個個嫁到外地，只有阿母月女，與村裡熟識青年成家。爸爸很小就失去父親，常與外公挑擔到北港賣菜，外公個性低調寡言，也許打從過去心底認定爸爸。嫁女餘生作農，應是百般不願，至少奶奶擁有土地，台灣話說「肯作牛，不驚無犁通拖」，這樁婚事，大抵是保守穩當的決定。

外公送給媽媽成套傢俱當成嫁妝，包括梳妝台、衣櫃和一座立式斗櫃。臥室檜木對開衣櫥，橘綠雙色直條彩繪，打開有木料香氣，內附一面長型妝鏡，玻璃鏡面四週噴砂白霧花朵。魔鏡啊魔鏡，映照一切，只嘆相見不如懷念。日曬黝黑的膚色，臉龐揮之不去的小痣，永遠渴望少一寸的臀部，青春發育尷尬的毛髮，老天，誰想要雙耳長得像兩扇打開的金龜車門？與生俱來的肉身，鏡中無所遁形。這面明鏡裝載少女時期，一路起伏不定的自卑與自戀，伴我摸索成長蛻變之路。

檜木衣櫃深處，垂掛幾套珠光布料的絲綢套裝，長年下田揮汗的媽媽，打開衣櫃會不會有一絲惆悵，生不逢時，嫁無富貴。美麗容顏，在這片日曬雨淋的嘉南平原，根本難得用武之地。

月女月女，女子如月，何嘗甘願永遠借太陽的光。

臥室另一邊的檜木斗櫃，上面抽屜存放爸爸的證件，還有他在金門從軍時，拿相片請當地相館師傅訂做的項鍊。兩個小墜用爸媽照片燒製成白瓷，心型銀色鑲邊，成雙成對，見證一份幸福憧憬與寄望。抽屜角落還有一盒龍角散，嚐起來帶點清涼中藥味道。一只故障捨不得丟棄的手錶，永遠停在幾點幾分。

媽媽的嫁妝還有一台勝家縫紉機，用她巧手車縫一件又一件的拼布床單、枕套、窗簾與傢飾，以及各式工作用頭巾衣物。國中時，女生家政課作娃娃，老師從前排發下材料包，從小抗拒的粉紅色很快被同學取走，唯一紫色套組到手，別人拿剩的我卻如獲至寶。

洋娃娃的長款禮服，需把紫藍蕾絲縫襯裙擺邊緣，考量手縫耗時不美觀，央求媽媽捉刀，用「針車仔」幫忙車縫。娃娃的金色長髮披肩蓬鬆，與高貴的紫色比對，少了一點冷豔個性，一不作二不休，乾脆修剪打薄變成俐落短髮。斜斜固定羽毛圓盤禮帽，畫龍點睛，更顯神祕氣質。

沒想到交出作品，老師給紫色娃娃接近滿分的最高榮譽。過程中媽媽出手幫忙一段，雖有勝之不武之憾，整體設計美感受到肯定，在年少記憶中留下鼓舞的篇章。

深邃冶豔紫色，是魔鬼的試煉。時機與直覺對了，不妨捨棄媚俗的框架，走自己的路。

鄰家姊姊約我去看梁山伯與祝英台

前幾日才與家人提起，小時候在窮鄉僻壤成長，如果不是農會專為新港青少年成立四健會，資源貧乏的我們恐怕無法早早踏出村莊，看看外面世界；而四健會的推手就是二伯。逢年過節，遠嫁的我回南部娘家，偶爾聽說老家村子熟悉的長輩，或誰家的孩子離世。這回消息傳來，年屆八十的二伯，正巧在農曆年除夕離開人間。

老家在嘉義縣新港鄉共和村，細分小聚落稱為後庄。地理位置介於北港和新港之間的田園小村，沒有超商也沒有公車站牌，名符其實前不著村後不著店，早期估計僅有五十戶，數十年後今日，應是減去大半。也因為是小村，童年時四處遊玩，老老少少幾乎都是熟面孔，散步幾分鐘路程，就可抵達村子入口處的福德宮。

小時候常去找奶奶，跑跑跳跳穿過小巷弄，路過誰家豬圈誰家果園，如果要走捷徑，最後一關便要通過二伯家。二伯屋後天井旁邊有一顆壯碩大樹，小時候表姊採摘紫色花朵塗上指甲，她們稱作指甲花，大樹繩栓一隻水牛，見牠躺著休息，便躡手躡腳快速通過，然而一次水牛突然暴衝，伴隨轟然吼聲，這麼一嚇，每次大老遠就心跳加速，裹足不前。越是掙扎害怕，越是凌遲，明知道牠受栓繩牽制，聽牠呼個氣都怕。

四健會舉辦不少聚會，有時在村子打桌球，團康，最期待的是旅遊行程。去過梅山健行，阿里山看日出，見識更多風趣朋友，一景一物都是新奇。畢竟長住鄉下，過著與世隔絕的生活。猶記年幼時，颱風過後，村子池水滿溢，淹沒馬路，水位高過膝蓋，學著大人捲起褲腳，歡快踩踏水花，爸爸帶我去堤防看人抓魚，村人用大竹組成方形網架「棧子」撈魚，堤防淹水已成汪洋；遠眺天際，幼小心靈不能理解，大水汪洋遠處盡頭，村子外面居然有人家。如同住在井裡，看天也只有小圈，即使爸爸告訴我遙遠村落名稱，心底仍震撼不已。

慢慢長大，有些機會踏足外地，到台北讀書就業，成家生根，童年時的玩伴姊姊們，也大多外縣市婚嫁、發展。前幾年回娘家，家人問我國小時騎車載我上學的美惠還有印象否，她父親過世有回來，在問蘋果去哪。還有另一個住村裡公廳那邊，外公每年清明年節要去拜拜的地方，啊純還記得否，她來打聽你們家蘋果的消息。二伯年前過世，他女兒啊敏似有感應，排除新冠肺炎疫情和事業家庭等困難，早先一個月從美國回來陪伴二伯，期間也繞道我家，問蘋果在哪裡。

一個從小在村庄赤腳趴趴走，皮膚曬得黑亮，被取綽號叫作「黑甜粿」，其貌不揚的鄰家小妹妹蘋果，每一個姊姊溫柔微笑的面容，都在我腦海裡。有一個姓尋的姊姊讓我坐在池塘邊幫我拍照，於是家裡有我四、五歲的黑白照片；還有一個姨婆家的姊姊曾經騎車載我到新港街上，聽我說身上錢不夠，笑咪咪說請我看電影，當時「梁山伯與祝英台」正轟動，散場後踏出戲院，還一把鼻涕一把眼淚。幾個月後，姊姊即將離家北上工作，在姨婆家庭院與我道別，她用樹枝在黃土地上寫下「蘇秀賢」三個字，叮嚀一句，不要忘記我。

君自故鄉去，什麼風把你們吹來，回憶在心裡無聲低迴，往事歷歷悉心收藏，只是沒想到妳們還記得，茫茫人海中有一個蘋果。

八零年代的手作童玩和遊戲

大約上小學時，貨車把龐然大物運進庭院，大人拆除厚重紙箱，剝開層層白色保麗龍，這是歷史性的一刻，家裡終於有冰箱，廚房菜櫥今後改放鍋碗瓢盆，媽媽可以安心買肉買菜，家裡開始有許多不一樣的冰品點心。

透明滑嫩的洋菜凍是我的最愛。家裡務農，從伯父與奶奶家搬出來自立門戶，父母早出晚歸靠雙手建立家園，鄉下小康家庭，雖然沒有山珍海味，也盡量在平凡生活中營造小小樂趣，洋菜堪稱營養價廉，媽媽常會加些蔗糖煮一大鍋放在冰箱，孩子隨時可以拿碗挖來吃。有時她會買來小型夾鏈袋，教我們做紅豆冰、綠豆冰，煮好甜湯，用漏斗填裝到一個又一個小袋中，放入冷凍庫，就是夏日最美味健康的冰棒。

兩個哥哥和我，是六、七零年代出生。七零年代童年，電視頻道只有三台，村子後庄離新港熱鬧街道有幾公里，小村沒有公車，僅有兩家雜貨店，零用錢只有幾塊錢的情況下，村裡大小孩童發揮窮則變，變則通的精神，呼朋引伴自製童玩。

小時常跑去找奶奶，她和伯父一家同住屋簷下。兩個堂哥一向功課好，大堂哥時常看著我們遊戲，一邊捧著書本背誦，小堂哥生性機靈，手藝更好，木軸棉線纏纏繞繞，不僅打陀螺，還能做成發條小坦克。

堂哥最拿手的玩具是風箏，修整竹片作十字主幹，剪裁報紙黏補組裝，做成既耐用又美觀的大紙鳶。孩子們聚在一起，腦力激盪，各顯神通。竹子削片做成竹蜻蜓；瓶蓋打孔，穿綁尼龍繩就可以踢毽子；每個人積存一堆橡皮筋好用來綁成跳繩；大孩子教年紀小的摺紙船；就算手邊什麼都沒有，路邊沙堆做城堡、黏土揉捏小碗來砸也開心；一群同伴用糖果鐵盒裝石頭，在廣場比賽跳房子踢鐵罐。

早年沒有電動玩具和手機，日日成群結隊玩遊戲，灌蟋蟀、編棕櫚葉蚱蜢，樣樣都生動有趣，時常玩到忘了回家吃飯。

小時候，卡通「海王子」風靡一時，吵著要買鄰居同伴手上的紅色發光寶劍，塑料玩具禁不起考驗，沒多久就故障丟棄。真正留在記憶的，大多是貼近生活的趣味。成家後洗手做羹湯時，每當餐桌有蛤蠣，最愛對著孩子津津樂道的，是兒時蹲在水池邊打磨蛤蠣殼，在圓拱面磨出兩個小孔，比賽誰的貝殼吹出聲音最好聽。

電視八點檔《楚留香》紅遍大街小巷，看完風流帥氣偶像，依然欲罷不能，拿著家裡木蕭爬上梯子，踩過葡萄棚架，一個人躺在屋頂吹奏，朗朗上口的主題曲化作音符，「湖海洗我胸襟，河山飄我影蹤，雲彩揮去卻不去，贏得一身輕風。」，「身似行雲流水，心如皓月清風，笑傲江湖載酒行，有情卻若無情。滿懷浩然正氣，一腔劍膽琴心，江山萬里任漂泊，天地自在胸中。」俠女情懷無處投遞，只好對著滿天繁星傾訴衷曲。

近年回娘家找不到蕭，更趁暑假託孩子問舅舅，遍尋不著。不起眼的竹蕭不僅是樂器，更是天涯知音心靈伴侶。星月為伴吹奏的樂曲，是對童年和家鄉的依戀，得以暫時忘卻成長的足跡，已像魔幻故事裡，奔向天際出口的階梯，步履踩踏瞬間崩塌成灰。

大兒子六歲那年，感冒初癒，陪他去幼稚園路上，坐在騎樓長椅享受暖暖冬陽，多希望這份溫熱永遠留駐，傻傻問他，長大還會記得小時候媽媽陪你曬太陽嗎？小小孩不假思索回答，只要我們一直做這件事就不會忘記。

一支蕭不見了，無邊惆悵，那是與家鄉童年僅有的聯繫。正如誰說過，思念，只因不想遺忘。

葡萄成熟時

書桌外的山景，除了陽台高高聳立的樟樹，濃霧覆蓋整片山谷，隱約可見樹影搖曳，深淺漸層景深分明，其餘只剩一片白茫茫，廣闊山谷有如陷入沉睡，離奇安靜，平時負責炒熱氣氛的五色鳥合唱團，豎耳傾聽仍遍尋不著他們銀鈴般的歌聲；有人在不遠處打掃，掃帚細竹劃過土地的聲音，斯，斯，悠悠緩緩，逝者如斯。

小兒子讀小學五年級，日前告訴我，音樂得到最高分，老師力邀加入合唱團。聽在耳裡心有戚戚焉，想起自己初上小學，老師最愛點名我上台獨唱。不忘嘲笑先生說，還好小兒沒有遺傳唱歌走音的爸爸。

回憶幼時尚未入學前，父母鎮日在農田工作，兩個哥哥不是上學就是一溜煙跑去玩，家裡沒人，只好經常往奶奶家跑。奶奶與伯父一家同住，有時奶奶外出，阿伯從田裡回來看見我，總會熱情叫喚，蘋果！接著像扮家家酒取出鍋碗瓢盆，兩人在爐灶生火，阿伯像魔術師，空蕩蕩的廚房也能變出美食好湯，他教我如何把地瓜粉變成香甜羹湯，還有一次甚至煮了清甜的肉湯，味美肉嫩薑絲爽脆，讓人完全料想不到是田鼠。

阿伯只生兩個兒子，把我當成女兒般疼愛。從小到大，不管在哪裡遇見，總是笑咪咪地停下對我說話，把腳踏車上的青菜，蔬果，一股腦兒塞到我手裡。難得隨團出外旅遊，阿伯返家後，送我一大串色彩繽紛的彩繪種子項鍊，這份特別的禮物，一直收藏老家書桌抽屜，也放在內心深處。在我印象裡，阿伯雖然種田生活，年輕時也閱歷豐富，身上帶著讀書人風骨，後來知道我讀電影，他提到在軍中時，白先勇是同梯好友，曾經送他一本書。

伯父家簡樸白牆上，毛筆書寫四個字，「窮理明德」，小時不求甚解，私自解讀成就算日子窮苦也要正當做人。成年後才知道，失之毫釐差之千里，當時完全解讀錯誤。窮是動詞，求知之義，不是形容詞，「窮理明德」接近格物致知意思，指的不是窮人要有志氣，而是追尋正理與清明德行。

時常亦步亦趨像個小跟班，在阿伯家休息玩耍，他最喜歡叫我唱歌，而且獨獨鍾愛「葡萄成熟時」。

兩人彼此應和，你唱一句，我唱一句。阿伯故意唱錯，讓我急忙糾正。

「一時的離別，用不著悲哀，短暫的寂寞，更需要忍耐；將滿懷希望，寄託於未來，用滿臉笑容，愉快地等待。金色的陽光要我把頭抬，溫馨的和風引我把路開，親親呦親親，親親呦親親，別後多珍重！葡萄成熟時，我一定回來！」

一句一句唱著，浮光幕幕，鄉愁翻騰，不知不覺淚影模糊。異鄉遊子，何時把酒話當年？

第二部　吉光片羽

淘氣朋友抖落一地櫻花

時常這樣，晨起梳整妥當，廚房咖啡飄香，想著又是一個美好的早晨，也許該到附近山邊小徑散步，看看路邊山茶花是否依然努力綻放。轉頭又想，也許該查一下公車即時動態，出門跳上山區的巴士，往淡水都行。去年漁人碼頭三個站才剛通車，一直惦記著要去一趟輕軌淡海之旅。

沒多久，計畫當然又有變化。拿著小袋子去前院撿拾南天竹的種子，彎腰翻找地上小幼苗，小心挖取兩株根部蔓生的幼枝，袋子裡裝滿紅豔豔的種子，開心帶進屋子準備玩盆栽。過一會兒，搬出小鏟子、免洗塑膠叉子、噴水罐、海綿刷等，成堆閒置牆邊髒污盆器中，挖到一個彩繪陶瓷小盆，索幸蹲在後院水龍頭旁，努力刷洗上面的泥漬和青苔。

昨天第一次到院子去撿種子，手上拿著小紙碗和塑膠叉子，鄰居廚房飄香，窗口守著一隻黑貓。等我蹲到地上，黑貓和一隻橘色貓同時跑過來，以為我拿食物來餵食，真是美麗的誤會。

除了後院見過一隻灰白貓，不請自來躺在櫻花樹下長椅曬太陽，這是頭一次與社區的貓近距離接觸，一邊手足無措，一邊自言自語，肚子餓了吧？我想想看有沒有什麼可以餵你。也因為伸手觸摸，距離拉近，發現黑貓身上有細小白色物體，神似小時候看過頭蝨的卵，應該是跳蚤寄生，這才明白牠們不是寵物貓，而是社區流浪貓。

莫可奈何，貓咪運氣不佳，遇上不太吃飯的我，廚房等著開動的午餐，是一杯關在悶燒罐的黑芝麻麥片粥。再思索一番，家裡沒有魚骨剩飯廚餘。黑貓蹲坐大門，彷彿等候帶位。稍後進屋翻找牠們可能喜歡的食物，拿出小碗辣味起司玉米片，兩隻貓湊過來叩叩咖咖，吃了一片，可能辛辣不合胃口，就不吃了。真是招待不週，只好帶著小小歉意進門。

飯菜米麵常膩，喜歡煮玉米止飢。前一批玉米實在太多，放到過熟變硬難以下嚥，乾脆切成小段裝碗，放到後院樹下餵食松鼠。牠們有時在附近覓食，或在樹上啃食四處搬來的糧食。想像活潑的牠能有片刻飽足，為平淡日子帶來一絲欣慰。

一隻淘氣小松鼠，日前斗膽在我面前表演，從露臺欄杆狂奔，跳過高大樟樹，飛越另一棵樹，抖落一地櫻花。

猶記剛搬來山屋，坐在餐桌靜靜欣賞後院景色。冬日山嵐雲海如潑墨飄移，櫻花樹的枯枝，在雨後別有一番蕭瑟風情，看著蒼涼大山美景，一隻松鼠從欄杆衝過去，意外亂入，多可愛的驚喜。

後院的粉色山櫻，從農曆過年開始開花，一個月過去，經歷滿樹花兒盛開，引來成群綠繡眼，今日頂端冒出小小翠綠果實，幾許綠葉，又是另一種風姿。

大自然看似靜態單調，其實與時遷移，變化萬千。浩瀚又神祕的禮物，讓心領神會的人們，把握春光去踏青，在蟬鳴的盛夏大樹臥看雲起，相約滿山火焰楓紅的秋天，在靄靄白雪間許下溫柔誓言。

寶島山水

南投，久違了。

大兒子上周末要參加南投綠建築活動，先生提議乾脆全家同行，開車送他南下，順道出門走走。前一天我先上網搜尋住宿。不過簡單一宿，瞻前顧後，又花去大半天點閱比較。

大約十多年前，大兒子還是個小小孩，先生有時工作出差南北各地都跑，我也會隨性訂房出發，開車帶小寶貝上山下海，晚上待先生工作空檔就可會合，有時也能共進親子早餐。

帶著小朋友在飯店享用歐式自助早餐，媽媽們都會認同，是一件低投資高報酬的活動，起床後兩人著裝整齊，完全不須費心廚房的事，從容出場，瞬間由黃臉婆轉變成貴婦，慢條斯理拿些優格，水果，咖啡，糕點，再拿一盤剛出爐的乳酪歐姆蛋，牛奶杯裡，隨興混搭星星花朵造型穀物麥片，旅程中這些小餐小點，會在陪伴孩子的小時光撒上繽紛巧克力糖花。

小寶貝在身邊，許多平凡的事都會變得充滿趣味。有次親子出遊前先繞到嘉義老家，每年一次廟會，家家戶戶辦桌很熱鬧，許多外地親友也回來團聚，鄉下的外匯桌菜堪稱山珍海味，飽餐一頓後發覺時間不早，該帶寶貝前往南投與先生會合。甜點上桌，剛好是孩子愛吃的冰淇淋，顧慮他流鼻水又不忍拒絕，勉強只拿一杯。休旅車發動，從小疼愛我的小舅，煞有介事從車窗看我一眼，又拿一杯放進車內兒童座椅旁邊。

第一次去南投山區，天很黑，路不熟，沿路指標紛亂，後座有個小孩這件事，會讓自己變得冷靜勇敢。零食飲水採買完畢，正式從市區進入山區，燈火通明的馬路漸漸變成兩旁黑壓壓的泥土小徑，開著開著，錯過一個不太明顯的直立指標，一下開過頭，往前方更黑更小的路兜了一圈。黑夜中的漫漫長路，母子倆遺世獨立，後座的小男童從頭到尾不發一語，果然訓練有素，畢竟母子連心，只要媽媽在身邊，兒子自然感到安全無憂。

說來好笑，從高中暑假父親鼓勵我考駕照，已有十多年不曾坐上駕駛座。先生某日弄來一輛親戚閒置的嘉年華，方便我平時帶小寶採買出遊。既來之則安之，接過車鑰匙，硬著頭皮一個人練車去。往陌生的北投淡水出發，再挑戰自己提高難度，繞過淡水後山回到市區，沿路自我催眠，只要慢慢開，心不慌就不亂。

牙牙學語的大兒子曾用台語說，爸爸開車媽媽載。他的爸爸工作忙碌，年邁的嘉年華功成身退前，一次又一次承載我和孩子，往返婆家娘家的高速公路，也往陌生的旅途奔去，一起經歷許多探險之旅。先生在南投農場旅店的公務行程，一行賓客晚飯後在露天酒吧唱歌，我和孩子在附近泳池玩水，遠遠看見輪到先生上台，站在投幣式唱機前面，孩子看著爸爸背對我們把手伸進口袋，愣一下說，爸爸在尿尿。

休旅車行過中央山脈，翠綠的山林，某些路段整片大山露出紅土，光凸一片，我告訴身後的兒子，人們為了取得木材，為了賺錢，不惜破壞山林，颱風大雨來的時候，泥土缺少樹木樹根包覆，就會承受不住大水沖刷，造成山崩和土石流，導致家破人亡。

後座的小小孩子，看著車窗外流換的景物，靜靜聆聽不發一語。有朝一日，孩子對這片土地的關心，化作行動與志向，換成我靜靜領會守候，一切盡在不言中。

無名英雄

人生在世，除非舉目無親，否則從小到大，多半要肩負他人期望，成龍成鳳，在別人眼光與活出自我間天人交戰。社會有約定成俗的價值，人們有攀比而來的競爭；當對手贏了滿堂彩，要不要拚一口氣，證明自己不是泛泛之輩？大家言語間表現灑脫，君子之爭，三人行必有我師，說的都是場面話。夜深人靜，只剩案前孤影相對無語，真心直面，難免內心感嘆，何時重振旗鼓，有朝一日衣錦還鄉。

如何衡量一個人？成功的定義是什麼？一舉成名天下知的背後，拿放大鏡往周遭看看，一路上還有許許多多血淚交織的配角，甚至燦爛殞落的路人。成名之後，繁花落盡，要不要面對光環漸漸褪色的落寞？當心，外界的喝采是雙面刃，舊人下台後多的是新人竄出。

好來塢導演史蒂芬史匹柏，年輕時在片場工作，好友夥伴拿來知名雜誌說，你看，你的照片登上封面。導演聽完，不發一語繼續手邊的工作。好友接著好奇問他，照片登上雜誌是了不起的成就，為何不想翻閱。孰料導演回答說，今天我認同這個掌聲，下次也會在意批評而痛苦，何必呢？

搭乘時光機回到民過六十多年，嘉南平原新港小村莊後庄。意氣風發又衣著光鮮，北漂回鄉的年輕人，口沫橫飛說著台北錢淹腳目，只要隨便擺個攤，做個小生意都會賺錢，有的餐風露宿睡車上，誰家某某還睡路邊，吃點苦算什麼，很快就能存到第一桶金買房買店，走啦，一起去台北！機會來了還不把握，就太傻了。

爸爸聽著別人繪聲繪影，只要往前踏一步，便是夢想國度。看看三個年幼的孩子，轉念一想，家鄉務農雖然貧苦，總是有土地有歸屬，肯耕耘就有飯吃，萬一離家打拼出什麼差錯，總不忍心讓嗷嗷待哺的孩子受苦，於是壓抑內心千軍萬馬，留守家園，甘心用勞力守候一家溫飽。

也聽過有人從小立志平凡，想當一名消防隊員，其他同學志願都是科學家，醫師，律師，言談間流露輕蔑的眼光。多年後遇到意外，被當年立志當打火英雄的同學救回一命，這才知道，一個人的偉大和成就，並不是外在功名能夠衡量。

每個人都在追求榮譽和目標，都在奮力奔向終點的路上。曾經聽聞，在一個講求紀律的團體，上司試圖揪出害群之馬，採用特殊手段集體處分，用凌遲方式逼供；某人眼見全體同袍無端受苦，瀕臨崩潰臨界點，站出來作代罪羔羊，用最大慈悲承擔殘酷的後果。犧牲代價隨之而來，不僅接受處罰，承受他人責難和嘲諷，他的名字隨即從名譽榜單抹去。別人眼中這是半途而廢，這是失敗。

所謂服從，相對卻在默許暴力，鼓勵麻木不仁。

橋段相似，這並不是為了族人披上紅袍受死之吳鳳事件。某年某月某日，曾經有這樣的年輕人，為了反抗悖離人道的體制，一日等過一日，在眾人矚目關鍵時機，不顧即將到來的嚴厲懲罰，用最極端的方式，往行進隊伍反方向走。隊伍之中另一個夥伴，目睹同袍的革命進行曲，看著漫天煙硝淡去，默默在心底關照。事隔多年，懷想家住屏東的朋友，一嘆當年沒能好好道別。

守護孩子的南十字星

世上有兩種人，一種有夢想，一種沒有。追夢這件事，用佛教理論解析，不盡然是與淡泊空無自相矛盾。換句話說，在保持覺知的前提下，比如物質而言，確實需要一個好的皮包，也在理性花費的範圍內，清楚自己不是嚮往潮流、盲目追隨就好。時下年輕人有一個現象，就像韓國的年輕人，想要追求出眾外貌，每個人都去整形，結果走在街上都長得差不多。

所謂懷舊和經典，往日是崇拜英雄的年代，為群體犧牲，為夢想義無反顧，置親情愛情生命於度外，如同櫻花在最美時刻墜落那般壯烈，讓所有人翹首遠眺那人的背影。

經濟大大好轉之後，科技帶來更多便利，人們努力追尋財富自由，西線無戰事，夜夜笙歌，蛤蟆不吃水的太平年，忽然聽說有個人要放棄一切，說要創業，說要去壯遊，去遠方追夢，輿論像石頭大大小小砸向他，親情人情包裝成各種嘆息聲，不管這趟遠行成不成，行過之處總帶著刺骨寒風，悲涼肅殺，大家這下可滿意了，這一去，更像修行人的苦行。

有夢的人是幸福的，他們的雙眼發光，心在發燙，每一個腳步和呼吸都自帶太陽能，他們不能接受自己茫茫終日，踩著一磚一瓦相同步伐，內心剩下空洞沒有動力，前方只有重複的日子等著自己，和死灰般永恆的靜默。

世上有一種殘忍叫做「以愛為名」。用糖衣包裝說我是為你好，年輕人的夢想得不到祝福，被逼著放棄，強迫轉向另一條路，從此，成長夜路唯一的南十字星被抹去，又不忍眾叛親離、背上不孝之名，最後一絲光亮漸漸淡去，最後一盞燭光被吹滅，終究心碎走上絕路。

朋友算是前輩，與我同樣從事玉石銷售行業，為人客氣好修養，過去時常向他買玉，也常請教鑑定方面問題。一次玉市遇見，招呼這位大哥在攤位坐坐，他提及女兒想要出國進修，去學珠寶鑑定，他認為我們都是從做中學，家業現成，女兒大可直接接手做生意，若出去留學耗費時間，金錢，豈不多繞冤枉路。商場浮沉，我們都是過來人，我說進修學習，不僅結交志同道合的朋友，期間參訪機構、拓展出去的人脈都是資源，生活也會更豐富。大哥聽完緩緩點頭，相信他的女兒會得到父親的理解和支持。

年歲漸長，發現所謂貴人，所謂機運，都是在無意間遇見；無論何處動心起念，何時埋下的種子，人生長路上，總有些出乎意料的風景。兩個兒子，功課只求平穩，從小就學開始，耳提面命多幫老師做事，在學校注重服務和付出，私心希望他們從日常點滴埋下好運的種子。

伸出善意的手，即是廣結善緣第一步。

孩子明白興趣，學習和工作找到目標，比什麼都值得慶賀，強過廟裡點上千百盞光明燈。讓他們去闖，去犯錯，去受傷，體驗挫敗就是成長。唯有跌倒過，才知道如何一次又一次站起來，所有的傷疤都是千金不換的動章。

請用屁股寫烏龜的龜

大兒子柏林小學六年級時，放學拿給我看他的戰利品，愛滋基金會到學校演講，宣導安全性行為，活動結束前按照慣例進行有獎徵答，兒子說兩三個同學很快就舉手，台上的講者點到他。他在眾人之中喊出的答案，可能不外乎愛滋病傳染途徑或是戴保險套之類，真不容易，畢竟華人社會的習慣大多在群體保持沉默，更何況要當眾大聲說出這類性教育答案。小小紀念品是一支造型筆，筆身打印防範愛滋，做好防護，全程配戴保險套字樣。

一方面親友會送來許多衣物玩具，一方面自己力行簡樸，希望孩子習慣儉約的生活，平時不太會為大兒子購買玩具。幾次鼓勵他，老師講課吃力不討好，如果可以主動舉手，多與老師互動，老師會很開心。他心地善良，曾有一堂課老師問問題，全班從頭到尾一片靜默，於是他舉手又舉手，只有他一個人回應，最後老師說，全班只有方柏林在上課。

求學路上，時常聽他描述舉手回答的趣事，給我看他帶回文具，玩偶等紀念品，這關照別人的小舉動，無形中也在鍛鍊膽識和反應，體驗在群體受矚目或肯定的感覺，也可體會主動爭取機會，贏得各種有形或無形回饋。

我們有時為做生意，或是先生工作關係，時常搬家，他從幼稚園開始，經常是別人眼中的轉學生。逼不得已要適應環境的情況下，無形中也培養察言觀色能力。為了讓他能開心上學，他的個子高大，秉持吃苦當作吃補，提醒他多幫老師跑腿或搬東西，久而久之人緣變好，老師也會特別關照。由他轉述最誇張的一次，國中一年級，某個問題學生翹課偷竊樣樣來，已經瀕臨退學，一日又闖禍，班導在教訓某生，某生往外跑，導師火氣上來，把花盆砸向教室前面，兒子快步衝去收拾掃地，眼角餘光瞄到女老師默默掉眼淚。

從小學入學，一開始就跟兒子說，你看老師的工作，一般人照顧一個孩子已經不容易，老師要忙東忙西，上台講課時間很長，學生也不知道有沒有在聽，一次要照顧幾十個小孩，每一個又頑皮又吵鬧，付多少薪水給媽媽也不願意。我是認真的。

將心比心，是一門很難做到卻很重要的功課。隨著時間過去，看見兒子的成長。某日，路人無端對他發怒飆罵，他靜默承受，理解對方可能遇事不如意，發洩一番就好。國中自願接下班上沒人要接的清潔服務股長，把最棘手工作努力做到最好，學期末得到熱心服務獎狀，家庭聚餐時忍不住對他舉杯慶賀，由衷佩服。平日氣氛僵持枯燥時，他信手捻來一個笑話，或和弟弟即興表演，有時也不惜犧牲小我，趴倒床上當小弟弟的沙包，發出誇張的哀號逗家人開心。

「方柏林，媽媽考你，烏龜的龜很難喔，麻煩用屁股寫。」我和小兒子方崗坐在冰涼地板等著看好戲。只見柏林轉身背對我們，大方扭動屁股，左拐右彎，一派從容自得寫完，我和方崗已經笑倒在地。

當年那個舉起小手勇敢發言的男孩，轉眼已成年，全家陪他在蛋糕燭光許願。這個舉手投足貼心低調的大男孩，前方世界，在沉穩堅定的腳步下慢慢展開。

人生自是有琴癡

忘了在何處，第一次有機會觸碰鋼琴。冰涼沉重的琴鍵，紮紮實實引動胸腔深處幽暗的共鳴，像冬去春來，大地甦醒，遙遠天際隱隱傳來蟄伏的悶雷。這種天籟，是貧苦人家不該嘗到的甜頭。好奇和羨慕是邪惡的種子，讓人回頭懷念潘朵拉盒子打開前，一切埋在鼓裡，無知甘願的幸福。

從小村莊到小鎮新港讀小學，幾十個人來自不同家庭，午餐便當菜色內容物不一樣，就連運動鞋和水壺等用品都列入羨慕的品項。有些家境比較好，家長付錢預訂的牛奶不愛喝，有的討厭健素糖，胃口好又不挑食的我一概欣然接收。下課結伴去班上最漂亮女同學家，從頭到腳，唯一能與她相提並論可能只有高挑身材。她唇紅齒白，秀髮黑亮，一雙會說話的大眼睛，那時候下課窩在一起，望著容貌清新的她總禁不住想，怎麼有人皮膚白淨到近乎透明的地步。

印象中她爸爸是警察，家住小鎮熱鬧大街巷子裡的樓房，踏進她家冰涼的磨石地板，看見窗明几淨的客廳擺一台鋼琴，上面覆蓋厚厚絨布。在此之前，我只見過風琴，小學低年級時有一年紀很大的老師，喜歡聽全班唱歌，更喜歡點名我上台獨唱「我愛鄉村」，他彈風琴伴奏。

風琴的音色和形體，以個人喜好而言，如果和鋼琴比較，前者可能是某些場所，例如教會或學校，為了節省開支而選擇的替代品，雖然風琴也有一種獨特氣場，心目中兩種樂器檔次是大相逕庭。第一次在她家見到鋼琴，興奮地找些相關話題，好奇按一下琴鍵，她說姊妹有在上鋼琴課，介紹一下節拍器使用方法，應我們要求坐在鋼琴前方，淘氣彈奏一段只按黑鍵的樂曲，光是黑鍵這一小段音樂，就足以讓我既羨慕又佩服。

鄰居姊姊找我一起學鋼琴。這個提議又燃起一絲希望，纏著媽媽一提再提，畢竟學費不便宜，鄉下務農家庭現實是殘酷的，溫飽之外的需求，全都歸類成不必要奢侈品。

凡是無法如願的，越是魂牽夢縈。哥哥國中時上完工藝課，帶回手做組裝的玩具電子琴，說是樂器有些勉強，整體只比擺飾功能強一些。獨坐房間通鋪，沒有琴譜，就著小玩具彈奏白牡丹，望春風，一首接一首隨意亂彈，無心理會房門外誰在說我彈得好聽，音符串串流洩，弦外之音，生不逢時又鬱鬱寡歡。

又過幾年，羨慕同學桌上有個眼鏡盒，想要玩具的概念，有天得知自己輕微散光，懷著雀躍心情告訴爸爸。令人意外地，老爸竟跳過小鎮街區，帶我到更遠嘉義市寶島眼鏡。從眼鏡行拿到貴森森新行頭離開，他又帶我逛街買冰淇淋，看到路邊樂器行展售卡西歐電子琴，售價不比眼鏡便宜，店家說附贈教學課程，爸爸爽快答應，終於擁有自己的琴。

上課日的黃昏，爸爸到池塘洗淨腳上的泥濘，兩人梳洗換裝，坐上川崎125，從小村到嘉義市將近一小時路程不算近；課程開始，爸爸耐心站在上課教室門外等候，聽著老師指導彈奏和弦和樂曲。老爸平時農忙早出晚歸，這是少數屬於我們父女的時光。回家路上夜幕籠罩，漫漫長路從後座抱著爸爸，感到滿滿的溫暖幸福。

剛出社會一度重拾琴緣，下班到公司附近參加爵士鋼琴課程，最後一堂課臨時取消，當時在傳播公司擔任企劃編劇，公司通知我陪同馬世莉小姐出差。儘管學琴只有初階程度，也不能阻擋對鋼琴的癡迷，出差或行旅外地，某些公共場合如餐廳或校園，見到鋼琴閒置走廊，也要自得其樂彈奏一曲「平安夜」。

彈一首「心雨」，哼唱「我的思念是不可觸摸的網，我的思念不再是決堤的海，為什麼總在那些飄雨的日子，深深的把你想起。」踏入回憶巷弄探望老友，重溫舊夢。

彈琴之於我，不單純是音樂享受，心理層面還有深一層意義，不論是眾人或獨處時，不需膽怯瞻前顧後，只要泰然自若隨心演奏，亦是跨出昨日舊我的蛻變。

人生自是有琴癡，此恨不關風與月。

天長地久這回事

窗前樟樹從地面延伸到二樓，書桌正對高聳枝葉，時值三月底初春，青綠的林間常見翠綠的五色鳥高歌，幾隻台灣藍鵲想是受到客廳音樂吸引，老喜歡從遠端樹林向我窗前飛奔而來，停駐眼前的枝椏嘈雜叫喊，看似許多話想說，頻頻往窗內探頭張望，語言不通，心有餘力不足，窗內的我只好發出細碎口哨聲回應，聊表心意。

先生忙完從外地來電話，說晚餐帶孩子吃披薩。獨坐窗前許久，千頭萬緒，居然打不出半個字，大半晌只在發呆還有跟鳥兒玩耍。先生明白此心決絕非寫不可，總笑笑說妳開心就好；又輕鬆補一句，隨便都好，妳會寫出來的。

高招。意思是平常那麼聒噪，那麼愛發表高見，隨便都能寫。

思緒這件事，常是私密又複雜，浪濤洶湧，瞬息萬變。文字總是難以準確表達萬馬奔騰的念頭。一如台灣藍鵲由遠而近，牠的腹部，雙腳，張開的羽毛，純真，坦蕩，自由開放，毫無遮掩朝我飛來，視覺上體驗如此真實的衝擊，不到一秒的瞬間，構築聯想與感動化作文字，竟是龐大工程。又如昨夜將眠時纏著先生追問，某些人類把體能和智識鍛鍊近乎完美，不到百年甚至數十年便要毀滅，是否每個人，活到最後總要無奈放棄此生的精華和精彩。

還有昨天黃昏天邊紅豔豔的夕陽，忍不住要衝到陽台用鏡頭留下美麗瞬間，霞光不遠處，山嵐籠罩前後錯落高樓建築陰影，瀰漫魅惑滄桑之美，壯闊樓閣不可一世，何嘗不是幾代之後的英雄塚。藍鵲的美麗，山間游隼遠遠呼喚，人們悉心構築所有的幸福，物換星移，連一道幻影都不曾停留。

早晨的茶几，擺著一盤糕點，切片蘋果，打開杯蓋散熱中的茶湯，等著主人享用的餐點靜物。回頭看一眼，帶著覺知，認真看一眼，糕點沒多久就會失去水嫩彈性，乾燥變形長出霉斑，蘋果乾淨的果肉很快氧化縮水，變成咖啡色植物屍體招來果蠅產卵長蟲，熱茶的蒸氣發散，溫度變涼後剩下半杯，很快被歲月榨乾，有如不曾來過。

察覺一切必然消逝，更會覺知身邊的一花一木，一遇一會，是多麼難能可貴的因緣。

出去走走，徜徉在大山長河間，感受天光雲影，遇見一朵迎風招展的白色山茶花。正巧，不是含苞，不是凋謝，不是別的雜草枯木。正巧，不是無心的人，不是開車擦肩而過，不是在打鬧嘻笑視而不見，不是在我前一世。因緣是天時地利，兩情相悅，我見青山多嫵媚，諒青山見我亦如是。

有一天，想起嘉義山區一個觀光景點，天長地久橋。情人相約在此，親密留影，留下青春愛情印記。說來諷刺，短短一座橋，來不及多想就走到盡頭，無非人世苦短最佳寫照。

天地萬物，沒有天長地久這回事，誓言都是包裝糖衣的謊言，海會枯石會爛，他們不曾靜止，也從不為誰停留。地球生物不會世代相同，所有基因突變，變異中汰換留下更佳生存機制；為了更強適應力，為了未來碰撞出更多彩的火花，毀壞和變異是必要之惡。

風雲際會，前一秒風和日麗，才一回頭，山雨欲來風滿樓。多麼奇妙的機遇，人若有情，天地自帶風華。麻木無心，走馬看花的人也如過江之鯽。

情字艱澀難寫。回顧思量，要是有情人才算數。

老闆，我想租一面看海的窗

同學阿濤的爸爸，最近在花東海邊買下一塊地。阿濤用音波傳訊到群組，說很久沒碰面，趁週末好天氣，溜溜紅色法拉利，帶我們幾個死黨來趟小旅行。

多年不見，花東海岸變得非常不一樣，大山大海的青綠色正在消失，沿岸蓋滿屋舍和密密麻麻的商店，大型智慧看板快速切換商業廣告影像，遠處可見鋼筋水泥高樓雛形，據說財團正在興建海底隧道共構商場。

現在，民國兩百年，在海邊有海景的旅店過一夜，費用直逼上班族一個月薪水。海邊山上度假，漸漸成為另一種奢華的象徵；科技帶來便利，人們只需擁有一台便攜設備，無論身在何地都可工作，觀光旅行因而蔚為風潮。

阿濤事先在儀表板衛星訊號器輸入地點，一行人順利抵達目的地。他說爸爸賣掉都市的公寓籌措經費，才換來這塊浴室大小的一坪地，幾個好友聞言靜默，不發一語。

沿著海邊步道走去，正午豔陽高照，遊客稀疏，幾乎可說商家比遊客還多；以往壯闊的海天一色，綿延萬里，如今被零碎店家切割成片段。好友短暫停留自動飲料機，各取一杯又小又貴的奇怪飲料，驕陽當空，口乾舌燥，明知是人工香料調製，出門在外只能將就。

獨自走到顏色鮮豔的外星寶寶造型垃圾桶，紅外線自動判讀塑膠杯吸進分類箱，桶內傳出一聲嘣地壓扁聲音。知會一下同行的人，想自己隨處晃晃。走進小吃街內側，一個白髮老人看守小攤，老人身邊告示牌標示「海景雅座出租」，個人站立位十分鐘五百元，還有情侶沙發小包廂，每小時三千元。

老闆，我想租一面看海的窗。

走上階梯，除了通道有些菸蒂，這棟十層狹窄樓房大致乾淨明亮。找到老人指示的編號位置，關上木製拉門，進入專屬的小空間，牆壁設有一個橫式木條，牆上標示請勿重壓字樣，看樣子只能讓人擺放小物，或稍作依靠用。欄杆間隙有一個圓形裝置，可左右旋轉權充小茶几，小小空間僅供容身，人聲車聲在遠處忽隱忽現，海浪嘩嘩的韻律緩緩飄送，欄杆前方就是大海。

短短十分鐘，大海無邊無際溫柔的懷裡，點點滴滴往事浮現心頭。家裡電腦存有過去生活照檔案，父母各自的童年，在海邊嬉戲，奔跑，金色夕照下埋頭堆沙堡的照片，而今只能從螢幕照片回味。

對著這片租來的海景平台，腦海放映的是昔日海市蜃樓。

離開海景小樓，恍惚感到一種才經淘洗，又無處投遞的失落，只能任由自己帶著一絲麻木，心不在焉，漫步穿過音樂嘈雜的街。回到死黨身邊，阿濤邀大家前去市區虛擬遊戲館，隨口敷衍幾句不著邊際的話，額前髮絲遮掩下，大夥沒有看見佈滿血絲的雙眼，和強作吐息嚥下的淚。

這是百年後的故事，似夢似真。

近日由媒體採訪節目得知，王品集團董事長戴勝益退休後，不惜重本在台北精華地段仁愛路，設立佔地兩百多坪的益品書屋，只要花費一百元，就可遍覽包羅萬象，且市面少有的精裝書本，附設美味咖啡飲品冰沙自由取用。書屋內部鮮少插座，創辦人希望來到書屋的人放下手機和電子螢幕，畢竟手機傳遞的是訊息，書本傳遞的才是文化。他也提到，看到人們喜愛看書，成就美事的志業，刻不容緩，不願等到老後回想起，當年曾經有過公益書屋理想，空留遺憾。

追求科技和財富，與大自然隔絕，失去擁抱書本的喜悅，這樣的沉淪，漸漸變成年輕人的日常。不捨不願看到下一代，變成近日熱播的電視廣告中，透過高解析大螢幕電視裡見識大海翻騰的鯨魚，深居奢華牢籠而不自知。益品書屋，是人人向錢看的資本主義社會，沒人願意做的賠本生意，也是稍稍會計算本利盈虧的人，不願做的傻事。

然而這份傻，帶著天真盼望，在日漸被文明鯨吞蠶食的冷漠社會中，撒下希望的種子。

欲窮生死路，乞化度春秋

古印度的苦行僧，蓬首垢面，衣衫襤褸，帶著三叉杖，行旅誦經，露宿叢林。他們似乎不約而同奉行處罰自己的規則，有人挑戰獨腳站立，有人舉手不放。沒有旁人緊盯打分數，自守紀律數十年。斷食斷水是家常便飯，更有甚者，躺臥釘牀，行走炭火，一切只為自我鍛鍊忍性離慾。

彷彿活在世上還不夠苦。

「晝便入林中，夜便露坐……至冢間，取彼死人之衣，而覆形體……日食一麻一米，形體劣弱，骸骨相連，頂上生瘡，皮肉自墮，猶如敗壞瓠盧。」這段是釋迦牟尼成佛前曾修苦行的描述。

維基這段介紹還跳過許多不堪的敘述。有志效行的人們先別衝動，後續稍作了解才行動，釋迦牟尼後來發現修苦行並不能達到無上正等正覺，於是轉以其他方法修行成佛。

中國大陸遼寧海城道源寺，僧人全為女性，平素餐風露宿行腳乞食。一張照片格外動人，一位坐在樹下休憩的比丘尼，手拿樹葉端詳，上方毛筆字寫，「欲窮生死路，乞化度春秋」。

近幾年流行斷捨離，某些族群以極簡風格為傲。某種角度而言，物慾和戀愛心法極為雷同，一如俗話說，妻不如妾，妾不如偷，偷不如偷不著。得不到永遠最好；得到的通常不會太珍惜。每個人都有經驗，收到夢寐以求的禮物，例如鑽戒或夢想名牌皮件，雀躍歡欣，滿心洋溢繽紛泡泡。然而，再燦爛的煙火也要面臨灰飛煙滅，激情褪去，夢幻逸品淪為擱置，變成無感。

每個人都是寵不得，古有明訓「由奢入儉難」。大多要到某一日，覺悟此生費盡心思攢來的富麗堂皇，不盡然與內心喜悅畫上等號，才會徹底檢視長久樂此不疲的消費遊戲，所為何來。

許多人追求「佔有」，用物質填補內心空洞。享受自己努力成果，犒賞自己，當然無可厚非。

然而如此行為模式，難免顧此失彼。取捨之間，雙手緊抓不放，起居空間物品龐雜，得不到舒心清閒，還要肩負看管之責，深怕遺失破損。東積西累，不知不覺深陷患得患失輪迴之中。

聽過一句話。想要自由，先要知道身在牢籠。

我們這一代的悲哀，莫過於受物所役而不自知，甚至引以為傲。

人與人之間，滿漢全席，清粥小菜，各有所好，人世間就走一回，用心體驗揮金如土，夜夜笙歌又何妨。有朝一日，隨心嚮往回歸田園，漫天紅霞是千金無價的絕版名畫，林鳥高唱是歡快悅耳的動人天籟。

善盡此身，與世無爭，俯仰無愧，足矣。

二〇一九年，日漸察覺身心失衡，毅然決然放下都市生活，背包只帶筆電和少許衣物，獨自到花蓮租屋。白天輕裝出門，有時步行有時騎單車，探訪二手書店，去咖啡廳或圖書館打字書寫，期間幾乎過午不食，刻意戒斷對食物依賴。下午，對著螢幕與鍵盤，自我對話課程告一段落，與自己相約海邊散心，感受澎湃海浪臨場震撼，星空明月為伴，無慾無求的心靈饗宴。懷想有朝一日放下家庭責任，就這樣度過餘生。

至於身無他物，以天為被，大地為床的境界，依然是遙不可及的神話和傳奇。過去素食小館見過一幅畫，白紙黑墨，簡單幾筆，一排戴笠苦行的僧人。多令人艷羨的瀟灑，這幅畫多年來存放記憶深處不曾淡去。

無奈。無懼無欲的苦行境地，只能欽慕嚮往。一如佛經中，藥師琉璃光如來的第八大願。願我來世。得菩提時。若有女人。為女百惡之所逼惱……。

此生身為女性，長年離鄉背井經歷種種危機，小命保住已屬萬幸。

遠離塵囂的叢林生活，也曾心嚮往之，孑然一身，徹頭徹尾做一個不顧他人眼光的浪人。說來慚愧，終生追尋優雅格調，自尊作祟放不下身段，做不了苦行僧，只能憧憬超脫紅塵的概念。

紙上談兵，聊以附庸風雅。

仰式滑行的瀟灑只有獨處才會懂

兒子成長過程，我們慢慢形成一個默契，試圖營造一種民主開明的教養方式，不太會過問學校有沒有女朋友，或跟異性約會。如果兒子跟同學約好要出門，先生又問是跟女同學出去嗎？通常彼此會知道是開玩笑。

如果我在場，也會替兒子圓場，數落一下先生不夠上道。

誰都曾經年少輕狂，感情路跌跌撞撞。自己一向大方跟兒子們分享心得，告訴他們，年輕時會有各種理由開始與結束一段感情，不妨保持交朋友的心態，比較不會影響課業，或是陷入太深造成彼此傷害。萬一感情無法繼續，就要自我強化心理建設，不是誰對誰錯，只是屬於自己真正的緣分未到。最重要的，如果不是當時與無緣的人分手，就不會遇見你們地表最強的爸爸，也不會有這一窩溫馨可愛的家。

回首二十多歲時，有機會到一個大機構工作，擔任攝影剪輯節目製作。辦公室坐落市郊，公司提供宿舍，下班時間回到寢室，自在聽音樂，看書打字寫寫文章，還上網找到翻譯社，通過甄試取得翻譯資格。除了攝影工作出外景，偶爾到鬧區採買用品，或是到夜市吃些蚵仔煎，大半年幾乎不外出，也不喜交際應酬。下班到公司健身房走跑步機，與同事打桌球。換上泳衣，拎起手提音響，空無一人的泳池，把自己當成獨木舟仰式滑行，重複播放喬治麥可的「父親的形象」，獨享一場神祕魅惑的音樂會，漂浮水面，渾然忘我。

那時舊人已去不見新人，正好心無旁騖寫作，收到報社寄來刊登文章的報紙和稿費，心情除了得到小小肯定，同時想像陌生人會看到自己文章，與世界產生連結。

當時出國進修籌備工作已經起跑。每個月認真存錢，上班衣著清爽俐落，固定幾件襯衫長褲，沒有一般女性的美髮美容花費，物慾不高，繳交伙食費就可到公司餐廳享用晚餐，或是外帶餐盒回到宿舍看電視也行。一個人在外工作謀生，不需費心張羅三餐和住宿等需求，對我而言是莫大福分。深居簡出的生活，一邊寫稿一邊健身；多年後回想這段歲月，像極了遁入山林晨昏練功的隱士。

告別舊日戀情，相對就是重拾自我。塞翁失馬焉知非福，少去外在干擾，全心充電投資自己，有朝一日會發現，每個腳印都不會是白走。

不論哪個世代，大環境不盡人意，各行各業依然有人闖出成績。總要反求諸己，為了目標，願意付出多少。

許多個週末，獨自參加補習班模擬考試；閒暇自修托福考古題；一本又一本做題不為別人，是為自己，留學夢想的燈塔在前方隱隱發亮。

趁年輕創業，買房，藝術創作，認真去達成。就說存錢出國讀書這件事，一面準備資料和作品，一面精進英文，所有過程看似辛苦，粗茶淡飯也甘之若飴，真正經歷一回才能體會個中滋味。

機會從來不會平白而來，也從主動爭取的過程中，懂得只有動身踏出去，命運才會改變。每完成一個小事，走過一個階段任務，更明確知道自己又接近目標一步，告別舊日，踏入嶄新又充滿挑戰的生活，所有汗水和淚水，直到階段任務完成那一刻，都會化成珍貴的足跡和蛻變的篇章。

將死的動物都會變得瘋狂

電視上有人採訪女明星居家，她在鏡頭前介紹減重料理，利用天然當季食材，低油少鹽的方式，讓下廚更省力的準備工作，對一般人而言也是健康烹煮方式，還介紹實用烘焙作法，用對鍋具與材料，一次可蒸煮三道蔬食，解說內容大致符合她既出書又主持節目等知性俐落形象。

獨獨令我不解，一個走在時代尖端聰慧女人，居家進入大門的鞋櫃打開時，一扇又一扇高櫃的門內，看來至少數百雙鞋。

她對著鏡頭侃侃而談，有些款式直接買下所有顏色，只為搭配衣服，與採訪開玩笑說，男人會認為每一雙鞋都長一樣，不會看出有什麼差別。細看會發現每一雙弧度線條或蝴蝶結等細節全都不同。

對都會男女而言，尤其是經濟能力較強者，大多會有囤積精品服飾的現象；畢竟是個人選擇，談不上什麼對錯。這種情形之下，倘若家中物品遭人洗劫，也必然懊惱不已。

然而理性思考，對物質喜新厭舊，進一步追求更多消費和物質享受，其實是不健康的。持有財物，相對財物也在佔有我們，不論耗費的金錢、空間、思緒、費心清潔管理的時間心神、保養和防盜等等，稍不留意，我們會成為自動為自己上銬的奴隸。

看起來是享受，實際上也在耗損。

很諷刺的是，如果實際了解心理諮商人口，身在富裕家庭者不少人患有憂鬱症。對照腳上連雙鞋都沒有的非洲孩子，也許只要獲得一點點小東西，就足以雀躍良久。

為什麼我們越來越難得到，兒時那種低度卻真實的滿足？有些人感嘆「人兩腳，錢四腳。」苦於財運不佳，有些無法擺脫「月光族」身分，關於需要和想要的花費分別，不妨靜下心想一想。

有人說，沒有錢是苦難，太有錢是災難。一旦有幸擺脫貧苦，富裕時常和縱慾畫上等號，與墮落和罪惡產生聯想。

在死亡這個終極歸零的大關卡之前，又多一個貪婪豪奪的藉口：此時不買，更待何時。

「也許人是壞的，因為終其一生，都在等待死亡，在別的人事中死了千萬次。所有知道自己將死的動物都會變得瘋狂——恐懼的瘋，狡詐的瘋，不安好心的瘋，逃之夭夭的瘋，俯首稱臣的瘋，勃然大怒的瘋，還有仇恨，糊塗，帶殺氣的瘋。」——湯尼．杜韋特《邪惡入門》。

戰爭，重大意外，失去親人等悲慘事件都還沒發生，每個人隱藏與外顯的精神狀態，已然和創傷症候群相去不遠。

不必等敵人來，早就腐敗沉淪。

談論墮落議題難免沉重。真心練武，就要咬牙捱過千斤萬斤綁腿。假以時日，飛簷走壁草上飛的輕功，自會水到渠成。

有機會仔細觀察周遭的人，幸運者天生如此，或是透過自身努力修煉而來，在所有鄉民蓬頭垢面、受物慾纏身而困頓猙獰，為生存拼鬥而狼狽不堪時，他們依然氣定神閒，隨意洗把臉就是一條好漢，彷若天生氣質正直無畏，從容坦率有如朝陽。

他們共通特性是不盲從，不同流，弱水三千只取一瓢。無論這人是你的誰，請務必好好珍惜這等緣分，在某種定義上，這種人千年難得，只應天上來。

山居鳥事多

搬到山居不過幾個月，由於新冠肺炎疫情關係，刻意減少外出做生意，網路商品買氣冷清，除了整理打掃，手上多出許多放空時間。追逐紅豔豔的日落大火球拍照，錄下枝頭高歌的翠綠五色鳥，種植多肉和種子小盆栽，越玩越誇張，扦插山茶花也學著做，窗台前還有六根玉米瘋狂抽葉長大。

晚歸的先生經常要忍住哈欠，被迫聆聽這個「宅渴夫之妻」，聒噪訴說招惹動物植物的小故事。

去年來看房子的時候，時序入冬，陽台前方櫻花旁，有一顆高大的樟樹，單純聯想書桌面窗，大樹到夏日會遮蔭降溫，就是稀鬆平常的樹。季節轉換，綠葉翻成濃郁油亮的紅，入春時分開出一叢叢細小白花，客廳滿溢清新香氣，先是幾隻淘氣的台灣藍鵲，大剌剌跳躍枝頭開派對，發出啞啞叫聲。露台櫻花開放，嬌小綠繡眼成群逗留吸取花蜜，一下霸佔整株山櫻花，一下又成群飛撲樟樹枝頭，身歷其境的賞鳥生態之旅，就在落地窗前上演。

有一次獨坐陽台，手寫筆記，聆聽大冠鷲深情呼喚，享受山谷天籟交響樂，春日暖暖，靜靜陶醉徜徉，渾然不知一群小綠賊悄悄壟罩身前櫻花，露出前翻後轉天真姿態探尋花蜜。他們身長不到十公分，覓食動作輕巧優雅，毫不驚動花蕊。伸手之遙，這群小嬌客無視坐在近處的我。近距離欣賞絲緞般的黃綠羽毛，眼眶黑白交錯纖細的絨毛，圓滑翻滾、輕盈細膩模樣，湧起莫名感動。

本以為就是平凡無奇窗前大樹，早晨例行書寫時間，客廳播放鋼琴或大提琴音樂，也許受到音樂聲音吸引，台灣藍鵲，綠繡眼，翠綠五色鳥，咖啡色修長尾巴的樹鵲，像是召開里民大會，成群飛來窗前樟樹。有的忙著用鳥喙整理儀容，有的好奇向窗內張望，對我發出熱情挑釁的叫聲。如果換成家人干擾我專心寫文章，可能不會有好臉色，而這些鳥兒，一副純真無辜狀，不請自來招惹，老人玩不出新把戲，本能發出咻咻口哨，搭搭彈舌，聊表禮尚往來。

日前貪睡晚起，台灣藍鵲和樹鵲飛到樓上臥房露台，頻頻張望叫喊。憑著敏銳第六感，強烈懷疑牠們已經對我作息瞭若指掌。只差沒有叫罵，不要賴床！

先生說，妳快要變成杜立德醫生了。

有人說，當你有大決心，天地都會幫你。

回想去年夏天，北投日本料理店外，巧遇一隻與我彈舌對話的和尚鸚鵡，患了相思，整個心被牠擄走。上網又找又看，多想擁有一隻鸚鵡做伴。然而重視環保，喜愛動植物的我，一直無法跨出內心糾結，不想用私心佔有囚禁寵物，剝奪可愛生靈的自由。

一日在台北鬧區寵物店外，懷抱望梅止渴心情，欣賞鳥籠裡色彩斑斕的鸚鵡們，滿心歡喜。一個太太走近門口，應是熟客，直接招呼老闆娘，說她家最近一隻小虎皮走了，想再買一隻。只花費兩百元，忍不住想跟隨買進，怯生生開口問某一隻虎皮鸚鵡。她倆自顧拿來紙盒，一手交鳥一手交錢走人，把我問話當成空氣。這一切發生太快，人都散去我還愣在原地。

比起無人理會這件事，我更訝異，這位太太完全不考慮自由生命責任這些鳥事，輕鬆自若把一個生靈打包回家。

熙攘的街，喧鬧的都市，念天地之悠悠，獨自愴然只差涕下。

機緣總是如此巧妙，讓人超乎想像又不著痕跡。窗前的樟樹，歡快鳥友來去自如，松鼠與我晨昏為伴。各自自在，沒有私心期望與辜負，這是天地間最美的緣遇，最好的禮物。

矽谷迷思之大道不行

美國矽谷，近日一家公司研發先進的垂直起降飛行器，媒體下的標題新穎時尚，空中通勤不是夢！空中計程車配備五個座位，速度快、噪音低，最快時速三百二十一公里，噪音值只有六十五分貝，可載一名駕駛和四名乘客，創辦人表示，公司目標是每天替十億人節省一小時，解決地面大城市交通問題。

同樣在這個滿載夢想的城鎮，紀錄片《二十二旅店》，把一群仰賴巴士過夜的遊民畫面揭露，新聞標題一語道出現實對比，昔微軟員工現今淪為街友，二十二號巴士揭開矽谷戰敗者的世界。這個匯集全世界最尖端公司的夢土，有七百萬人口不知道，天黑以後，許多遊民們無處棲身，而二十四小時營運的二十二號巴士，全程六十公里，起站到終站車程兩小時，單程票兩元美金，只花費八塊美金就能在車上度過一夜，車上有暖氣，有安全感，也能遮風蔽雨。

這群暗夜通勤族裡面，有些是被科技公司淘汰的職員，或是因傷不能工作的人，還有一位失業多年的爸爸帶著女兒踏上巴士相依而眠，凌晨半睡半醒再從終站飛奔到回程公車，算好時間天亮回到起點，送女兒搭上校車，報導說，這對父女四個月以來沒有睡過床。

人類的社會，隨著科技文明蓬勃發展，卻也充滿矛盾。我們費心構築一個邁向文明，井然有序的世界，我們口口聲稱頌民主自由，然而，這個偉大的民主自由，是由密密麻麻的法規和限制架構撐起。廣闊的大地，人們在此安身立命，我們眼界之處，高山到平地，都市到鄉間，屋舍大樓聳立，其中看不見的，是隱形界線和所有權網絡分佈，劃分歸屬和距離，同時也在每個人心中拉開一條冷漠堤防線，各掃門前雪，不管他人瓦上霜。

我們都是大地子民，禮運大同篇高高掛在希望殿堂，「大道之行也，天下為公。」一看看都市，處處可見立牌告示，來賓止步，非公莫入，請勿在此設攤，請勿在此躺臥，請勿喧嘩，大眾運輸不能隨意飲食，公共場所不歡迎過度涼快的衣著，稍不留意，車子停在不該停的地方，都要被吹哨子或付出代價。

所行之處都是不行。

這樣的觀點，人們會笑我強詞奪理，高調又牽強。所謂自由，只能在不影響他人的前提下成立。相信我，這些道理我都懂，也知道秩序得來不易，甚至是烈士流血爭取而來，為了人民生命財產安全，為了生活品質，為了我們國家幼苗、寶貴下一代，為了晉身已開發國家的美名，適度剝奪個人行為是必要之惡。為了崇高理想設限的種種藉口，可以一直寫下去，太多太多。

過去在超商面前見過一家人用餐談笑，一個長期徘徊當地遊民，伸手去搶他們桌上的飲料，引來驚叫混亂。我真的明白，自由過頭我們的社會就亂了。只是內心深處還有一種美好年代樂善好施的嚮往。

大道之行與不行，如果社會至今存在矛盾，終須借鏡先進國家的社會福利政策，落實濟弱扶傾，消弭偏見。

活在社會黑暗角落的流鶯，遊民，乞丐等，看似不思上進，不知如何同情，評斷他們好手好腳為何如何之前，不妨試想，若有機會誰不想好好過日子，誰不希望命運順遂，何不同情他們無力改變。

我們不是都一樣，工作生活明知不甘心不滿意，依然得過且過。

將心比心，人生誰無落難時。

無所事事的自由

近年有一則新聞，一位非洲女性嫁到歐美國家，生活在都會區，婚姻家庭生活堪稱美滿，而夫妻倆因為一事，長久爭執不下，先生不解，也無法接受，太太希望每日有六小時放空的時間。她說過去在老家時，白天做些家事，就會坐下來看看天空，發發呆，做做白日夢，什麼也不做。

夫妻之間有如脣齒相依，長久相處難免生活習慣不合，或是大小摩擦，多的是柴米油鹽的大小爭端。如今太陽底下居然還有新鮮事，頭一次看到有人爭取放空自由，為這種事情執著抗議，令人感到心疼又可愛。

現代人的生活，尤其都會區步調節奏，既快速又擁擠，稍不留神，交通動線節拍沒跟上，就會被後面的人潮推擠，不是受人碰撞就是被人踩踏。戰戰兢兢之際，同時要保有禮貌的距離，也要自保，被迫時時觀望提防，無時無刻處在莫名焦慮之中。

如同前後受到箝制的齒輪，只能向前運轉，由不得自己。

長久生活在密不透風的都市叢林，各式屏障林立，連遠眺的愜意都被剝奪，人們於是嚮往放逐自己到山林原野，把塵囂紛擾拋到九霄雲外。這種追求舒展空間的思維，引申成稀釋時間壓迫感，比照類推，這位非洲太太渴望閒散安逸的心情，就變得容易理解。

如果您曾深入觀照自己，會發現一件很微妙的事，安靜坐著，或是練習打坐，冥想，念頭升起長串待辦事項，坐立難安，比登天還難。放下執念，放下為自己所冠上浪費時間的罪名，簡直難上加難。就像一位師父說過，現代人內心充滿雜念，要他無所事事，是極痛苦的事。

過去在建國玉市擺攤，同行之間高手如雲，聊天泡茶，交流請益收穫良多，不恥下問把握良機，討教幾招繩編技巧；趁著燈光美氣氛佳，手上馬不停蹄編結飾品；如有閒人探問，每每自嘲，呆坐有點不習慣，想清閒也要有清閒的命。也許打從心底害怕虛擲時光，枉費這趟唯一僅有的旅程。

一望無際的大海，後浪湧向前浪，不捨晝夜，日復一日，有如人世間百味雜陳的催促和驅動。

人在江湖，漂萍際遇，就連瀟灑壯闊的海浪也身不由己。

也許每個人都一樣，透過佛學的哲思，藉由修行，或鑽研哲學，藝術，想方設法，試圖為自己微渺的一生打開天窗。

大限有期，人生苦短，尚待實現的夢想春風吹又生。無常和死亡，有如緊迫盯人的鬼魅，總在暗處伺機行動，揮之不去。方才初識物慾之累，我執之罪，學習粗食行簡，只取一瓢則已，旋即發現自己身陷光陰的囹圄，早已判決無期徒刑。

當魯賓遜發現沙灘上的腳印

「有一天，大概是正午時候，我正要去看我的船，忽然在海邊發現一個人的赤腳腳印，清清楚楚地印在沙灘上。我簡直嚇壞了。我呆呆地站在那裡，就像挨了一個青天霹靂，又像是活見鬼。我側耳靜聽，又回頭四顧，可是什麼也聽不見，什麼也看不見。」——笛福《魯賓遜漂流記》。

當遠離人煙的魯賓遜，好不容易找到生存的方法，努力把自己活成山大王樣板同時，一個腳印出現，表示他的領域不再獨享，最糟的是可能遇上食人族，如果是普通人類，表示肆無忌憚的灑脫面臨終點，被迫回到世俗的生活。

有人為伴的狀態，就必定面臨交流和誤解、獨立和隱私、信任和背叛、誠實和說謊等矛盾和複雜，進入步步為營的生活狀態，不比面對生死攸關的敵人還輕鬆，魯賓遜於是陷入恐慌。

這種恐慌對於生活都市的人們，特別心有戚戚焉。

為了擺脫都市公寓的吵雜，轉向市郊山區尋尋覓覓，看上山邊僻靜的房子，長久以來山居重拾書寫的心願終於成真。

一開始是在後陽台遇見。鄰居大媽非常熱心，彷彿聽見門外稍有動靜即刻現身，逕自踏進露臺，問東問西又滔滔不絕。先生只能趁假日做些木工或修繕，一面趕工一面應付那人喋喋不休，著實困擾。

一日，先生到後院沖洗露臺，隔壁大媽再度前來攀談。眼看對方跨步擅入，先生舉起菩薩般的手掌，手心向外表示阻擋。一般人見狀，通常會理解並尊重別人隱私。然而這位太太自顧談笑，不以為意。

禮貌距離這件事，看來只是一廂情願。

正對翠綠山谷的平臺，早先打好如意算盤，當成逍遙隱遁祕密基地。櫻花旁的木椅正好休憩，一杯咖啡一本書，靜靜徜徉白雲天光。而今鄰人隨時探問搭訕，按照經驗法則，請神容易送神難，流言蜚語易生是非，退場還要費心找台階，真是何苦來哉。

人人有權保持沉默。為了保有一方淨土，解決隱私問題，夫妻兩人早餐會議商討搭起圍籬，右邊人家先前已經蓋好磚牆，紅磚水泥成本較低，先生後來提議買進南方松做圍欄，他懂木作，這樣一來出入露臺就沒有顧慮，隨性放空做日光浴都自在。

魯賓遜除了怕生命危險，可能早已想到有人的地方就有麻煩，也因世俗禮教，無法把自己定位成野蠻人，才會一看見腳印出現，立刻如臨大敵。

尚在虛擬階段的木柵欄，不是一時一刻能完成，眼看門戶大開不是辦法。不想凡事依賴，只好趁先生外出趕緊行動，冒著閃腰危險，搬來兩個寬大盆栽權充路障。

歲月靜好，先有靜才能好。

陶淵明先生採菊東籬下的境界，令人心嚮往之。說是孤僻也好，古怪也罷，人到中年要學會無情一點，別人的眼光與評斷，該是斷捨離的時候。

畢竟自由誠可貴，流言價更高。

惦惦吃三碗公半

保齡球道的盡頭，球瓶潰散，剩下兩支恰巧間隔而立，大過一顆球的距離；打過保齡球的人都知道，這個窘境屬技術球，如想得分只剩一次擲球機會，除非飛碟球之類控球高手，可以運用側旋，借力使力，撞右瓶去碰左瓶，基本上全倒已經無望。

看著分立兩端的球瓶，隊友們開始幸災樂禍。無人看好之餘，一位大哥居然打賭，假如這球能安然通過縫隙，沒有碰觸球瓶，下一攤宵夜由他請客。身旁熟悉我個性的好姊妹，只覺這大哥未免太小看我，轉頭看他一眼發出冷笑。

站在一旁的我不動聲色。臨上場前凝視遠端球瓶，跨步出手，全場專注安靜。眼看圓球一路暢通無阻，球道盡頭兩端球瓶如如不動，贏來許多掌聲，宵夜又多一個新鮮談笑話題。

初識先生時，跨進車裡不小心撞到頭，他曾捉狹笑我，人大呆，狗大笨。從小行動速度慢，運動方面只有田賽得名，其餘差強人意。三兄妹下田時，父母分配好的田埂，揀菜或拔草之類農活兒，二哥大致中規中矩輕鬆完成，大哥手腳俐落總是先達標，佛心回頭幫我一段才收拾回家，小妹妹遙遙落後，看著他們轉眼鳥獸散，一個人悶悶不樂。

凡事看似拖延，其實是有點完美主義。大夥在舅媽雜貨店打工縫雨傘，傘骨傘布間的縫線打結紮實整齊，不好就剪掉重做，姊妹們完工拿到的銅板總是比我多，照樣怡然自得。

也因為慢，男同學捉弄我，自然不受驚嚇，等我意會過來別人惡作劇，事件已成過去。同學抱怨作文題目難，兩堂課還寫不完，大多帶回家寫，到隔天才能交作業；明知自己拖延毛病，回家無人督促又會偷懶，為了不影響回家放鬆心情，慢慢形成三合一模式，草稿步驟只做摘要，直接用小楷書寫作文簿，從此幾乎一堂課就能完成。有時作品會貼上布告欄，暑期日記入選公開展覽，之後老師遴選報名參加校際作文比賽，居然脫穎而出得獎。

身材高大，體育課順理成章加入排球隊，發球常常打不過網，球來也常漏接，班上沒有多餘人選，算是湊人數。隔壁中段班女生又嗆又猛，我們升學班的氣勢差一大截，根本不是對手。比賽當日大夥都有自知之明，不要輸得太難看，打完球局就是萬幸。

眼看對手趁勢進攻，我方士氣低落，關鍵球局輪我發球。球賽進行一半，導師看我擊球稍嫌保守，在場邊小聲喊話，要我抛起來發球。

排球有一規則是發球方如果得分，即可保持發球權。謹記導師叮嚀，站上邊陲發球位置，強作鎮定抛球擊出，排球落到敵隊場內，剛好兩人讓球，形成漏接，我方得分由我繼續發球；接著出乎大家意料，發球通過，對方記取先前讓球疏忽，變成搶球觸網，我方又得分。手握發球權繼續第三球，全場屏息看著排球抛物線過網，對方主力攔截殺出，我們士氣高昂順利接球回應，對方擊球出界，我方再度得分，一舉奪冠，全場歡聲雷動，有同學大方請隊員喝可樂，導師走進教室笑著說，郭雅蘋真是小福星！

徬徨少年時，也曾羨慕同伴機靈聰慧。以前不懂，魚不必羨慕鳥飛。在緩慢節奏中摸索方法，總會走出自己的路。人生路上，如果遇見慢條斯理、不疾不徐的小朋友，請用微笑鼓勵他們。

孩子，你慢慢來。

潛龍勿用度小月

電影編導組畢業，受過影像訓練緣故，對某些文字形象特別有感觸。有幸一睹老祖宗智慧文化薪傳，信手捻來即是妙筆生花，讚嘆之餘不禁納悶，當代文人走過何等淬鍊洗禮，歷經何等風雨滄桑，方能成就雋永經典。

一如春蠶到死絲方盡，蠟炬成灰淚始乾，詩句中巧妙刻畫吐絲的蠶，蠟燭垂淚，奮力燃燒生命意境如此清晰，令人低迴不已。

「龍游淺灘遭蝦戲，虎落平陽被犬欺」，簡直神來之筆。龍和蝦外型比例懸殊，櫛比鱗次身軀和鬚根虯髯的樣貌卻神似；老虎和大狗雖是一個貓科一個犬科，而兩者吡牙裂嘴神情，猛一看氣勢相當，都具備高度殺傷力。淺灘適切表達落魄境地，平陽則說明老虎遠離高山優勢來到平地，動詞用一個戲加一個欺，簡潔生動，以凶猛動物比喻英雄落難，鮮活表現出遭人奚落的窘境。

東方人崇拜龍，特別是逢年過節，家家戶戶高掛龍鳳聯幛，騰雲駕霧不屬凡間，更似神靈傳說；既是鎮宅祥獸，亦是皇帝刺繡華麗錦袍的威嚴象徵。也許過去苦難年代，為生存奮鬥平民百姓潛意識中，渴望偉大神靈救贖，擊退厄運和洪水猛獸，所以龍是護身符，也是精神寄託，更是對國泰民安，太平盛世的懷想。

望子成龍，把龍字引申為出類拔萃，成材成功的人。龍盤虎踞指高手雲集，飛龍在天表達凡人對飛黃騰達的嚮往。乘龍快婿，鯉躍龍門，在在表達人們對光耀門楣的企盼及祝願。

《易經》第一爻初九，辭曰：「潛龍勿用。」初九指開始，潛龍指強者潛藏深淵，時機未到，需韜光養晦，蟄伏以俟，得免懷才不遇之苦，亦不受他人質疑而憤慨。

孔子也有精細註解：「龍、德而隱者也。不易乎世，不成乎名，遯世而無悶，不見是而無悶。樂則行之，憂則違之，確乎其不可拔，潛龍也。」

經由孔夫子的解說，潛龍更昇華成風骨卓越的隱士，功名利祿雲淡風輕，進退自有定見，任憑世事紛擾，依然穩若泰山。

一念之間，便是成蛇成龍之差。孔老夫子言外有意，為人首重德行操守，一旦受到聲名之誘，忘卻初衷，違背良心，受他人褒貶牽制而游移動搖，內心光明磊落的明珠蒙上塵埃，別說貴人，神仙也愛莫能助。

保持正念，行得正坐得穩，夜半敲門心不驚。人能內心坦蕩，正氣會驅逐所有雲霧陰霾，百毒不侵，無病無憂。

正如某位作家智慧之言，一個人倘若心念不正，害人害己，儘管吃再多素食，喝再多小麥草，也無法得到療癒，簡直比不上一個誠實但吃貓糧的人！

人生即是修行場，保持覺知，有所為有所不為，自在自得不假外求，自己就是自己的貴人。

玻璃屋咖啡廳的田納西華爾滋

知名作家蔡康永，近年寫出情商系列書籍，接受採訪時說，很多人不知道，人生最想回去是哪一段歲月，這是很可怕的一件事，因為連自己都不瞭解自己。

時值二〇〇七年夏天，網路小生意擴展成實體店，進駐新店小碧潭捷運站的玻璃屋，讓客人有個地方當面看玉石，喝咖啡。坐三望四的年紀初嘗開店當老闆滋味，與先生四處尋覓生財器具，諸如彩色沙發桌椅，珠寶櫃，吧檯，製冰機，蛋糕櫃等，也曾遠赴台中把橘色二手義大利Epoca半自動咖啡機扛上車，搬進店裡。回娘家跟老爸說起這段，先生笑說機器重達五十多公斤，差不多一個女人的重量。

店招是黑白燈箱，入夜散發低調亮光；原本金屬表面顯舊的二手吧檯，低度預算巧妙設計下，貼上黑白圖騰壁紙變成現代風；收銀櫃檯邊條裝飾品牌圖騰，上方垂掛心愛的琉璃漿果鑲嵌吊燈。

除了招呼客人喝咖啡看玉石，櫃台也是專屬金工基地，生意冷清時，尤其雨天鳥兒飛來躲雨，玻璃屋變成生態賞鳥區，閒暇正好玩設計，吊鑽車磨珠寶蠟雕作品，設計項鍊手鍊等。

先生好友祝賀開張，送來大石流水造景魚缸，上方有槽口可養蘭花，鄰近小朋友常來圍觀小錦鯉。那時大兒子柏林五歲，就近讀幼稚園，下課時間就在捷運站廣場騎溜溜車，或躲在灌木叢裡找昆蟲。附近孩童會來與他作伴探險、寫功課，一兩個特別投緣的小姊姊三天兩頭來找他，十多年後他竟還記得女孩名字。

柏林招待玩伴玻璃罐蘋果汁，我們與喜憨兒蛋糕簽約，咖啡豆選用南美的阿拉比卡，畢竟初次接觸半自動高壓蒸氣咖啡機，摸索許久才煮出滿意的咖啡，一大杯馬克杯定價八十元，開幕前來慶賀的小阿姨心疼說，觀光景點或是一般咖啡廳，大多是用小咖啡杯，但售價兩倍起跳。

夫妻兩人形成默契，做生意細水長流，廣結善緣，期間不少各行各業的客人義氣相挺，畢竟，比起賺錢，與愛玉的同好交流，能力範圍成全客人把閒置珠寶換現，讓阮囊羞澀青少年小坐停歇，談心分享，行有餘力為人服務，更是美事一樁。

小碧潭站外河邊設置運動場，曾帶小孩過去騎車打網球，荒廢河堤聚集不少遊民，紙箱為被，席地而眠。

某日，客人默默到櫃檯點單。他的雙手沾滿汙垢，衣著破舊，顫抖的手遞來銅板說要買汽水，剛好店裡沒賣，只能趕緊向客人道歉說沒有。抬頭正對他血紅的雙眼，凌亂糾結的長髮，自認身經百戰，竟一時呆滯無語。望著那人離去身影，這一幕境遇，為自己怯懦冷漠感到汗顏。

因為玻璃屋結識一位比丘尼，見面稱她師父。我們日漸熟稔，一面啜飲咖啡，與同行女子敘舊寒暄，傾聽師父娓娓道來人生故事，走過無常驚滔駭浪，塵俗了卻雲淡風輕。師父耐心傾聽獨自顧店之大小窘境，協助品嘗我們一杯一杯測試濃縮咖啡，不吝讚美我的琉璃作品。

提到從事攝影已久，不會特別熱衷紀錄生活，師父提醒應當拍攝玻璃屋工作照片，把握機緣留影。她說人生際遇稍縱即逝，轉眼景物更迭，多年後會慶幸留下珍貴回憶。

夜晚，捷運站聚集飯後散步居民。夏夜星空下，晚風習習，客人從店裡端出大碗公黃澄澄蜂蜜芒果冰沙，坐在廣場與家人享用，遠遠望著陌生人全心信任，把自己嚴選的芒果和天然農場蜂蜜吞進肚裡，快樂也會傳染。

夜幕低垂，人少的時段，店裡來了一對熟年夫妻，在戶外座位區享用咖啡，音響飄揚懷舊老歌田納西華爾滋，他們跟隨音樂優雅起舞，兩鬢般白的歲數，經歷千山萬水，一切盡在不言中，你儂我儂共舞一曲，正是最美的當下。坐在櫃檯後方的我用微笑壓抑感動，悄悄按下音響重複鍵，暗自期望浪漫回憶天長地久。

成就別人的快樂，是世間最美的因緣。

師父說得對。還好留下照片，空蕩盪的玻璃屋裡，我戴著帽子坐在櫃台做金工，彷彿時光留駐不曾淡去。盡情揮灑，用心生活，留下絢爛篇章。

日本花道國寶之十年磨一劍

日本京都花道大師珠寶花士，身著優雅和服的身影出現在媒體，面容素淨，看不出已年過五十，對著鏡頭侃侃而談。

三十歲偶然機緣，得以師從花道大師岡田幸山，她說由於老師在滋賀縣山上小廟做堂守，登上七千台階才抵達的偏山，平日砍柴提水各種粗活都做，沒有所謂插花課程。師父耳提面命，現今時代女性已在各領域發光，不能因身為女性找藉口自我設限。

她謹記師父教誨，第一，忠於自己。保有健康身體，以及耐住孤寂能力。第二，靠自己。不論外界如何變化，都能隨機應變。

影片內容只有十分鐘，珠寶花士敘述學藝經歷，過去十年於銀閣寺擔任花方，以及介紹花道供佛。然而銀閣寺擁有獨特花道流派，一位花道家為何受寺廟開例禮聘，則不得而知。

影片中的女子，在銀閣寺十年間，幾乎不與外界接觸，過著仙人般生活。仙風道骨的女子世間少有。現階段獨自山居靜修書寫，足不出戶，深感心有戚戚焉，於是抱著遇見知音的心情上網查詢，一探究竟。

冠冕堂皇的國寶大師頭銜，加上媒體呈現專業脫俗的形象，難以想像珠寶女士於一九九八年經歷神戶大地震，房屋倒塌家逢巨變。雲淡風輕一語帶過，彷若大風大浪船過無痕。重重提起，輕輕放下，隱含一份難得的慈悲與豁達。

花道之路艱辛的學習，始自單調乏味的磨練。初次見面，老師遞過掃把說從打掃開始。在荒山小廟，每日灑掃砍柴，為了修習花藝理想，忍受孤寂枯燥的生活，本著無欲無求堅毅心性，才能不忘初衷繼續前行。

跟隨老師期間，她為了深入研究銀閣寺花道，把流派中各年代珍貴歷史文化，自力整理成冊。待銀閣寺住持看到她精心整理的報告，滿懷信任將寺院花道交給她掌管。爾後進入五百年歷史傳承的銀閣寺工作，寺內字畫藝術品都是國寶等級，她也要求自己提升閱讀知識內涵，才能與之匹配。

世俗以財富和名聲定義成功，而珠寶花士女士竟能不為所動，在我眼中，她是脫俗不染的蓮花，也是志節高尚的藝術大師。一切只為心之所向，動心忍性，認份勞動，默默忍受十年寒窗整理典籍，自律精進，拒絕繁華塵世的誘惑，用自己的姿態，冷靜的步調，堅決走在真誠唯美的藝術之道，是一位真正有所為、有所不為的性情中人。

在人云亦云，盲目追隨潮流的社會，人人都在問自己能得到多少，少有人願意放低姿態捫心自問，自己能否傾盡生命付出。

耐住孤寂才能精進自己，回歸生命璞真本質，一步一腳印，彎腰屈就，捲起袖子腳踏實地做事，靜心體會，揮汗收成的果實最是甜美，人生道路的風景也會柳暗花明。

深山打滾的鹿

年輕時因緣際會，遇見一群師大學生，邀我週末一起去北海岸龍洞攀岩。他們全是來自美國，來台學中文的學生，從台北車站國光客運往南方澳的車上，有黑白黃各種膚色人種，運動裝束色彩鮮艷，車上夾雜中英語談笑聲，一票人像極了聯合國探險隊，浩浩蕩蕩往海邊出發。

不知天高地厚的我，踩著雀躍的腳步跟隨隊伍前進，抵達龍洞，跨進海岸山壁礁石，一行人貼著高聳崖壁，側身魚貫前行，這下方知誤上賊船。說時遲那時快，後悔已來不及，礙於面子，沒有回頭路，只能硬著頭皮繼續前進，不敢探看腳下拍擊巨岩發出怒吼的浪濤。

每逢周末的海岸之行，一邊練習攀岩，一邊享受露營樂趣，師大學生朋友張羅煮食材料，大部分攀岩裝備都是香港人羅倫帶來，他的身材結實黝黑，聲如洪鐘，和一位台灣長髮女生是情侶檔。羅倫是這幫朋友中最資深的一位，攀岩征戰經歷輝煌，世界各地知名攀登區域，對他而言如同自家後院。

一回生二回熟，在大夥拉拔幫襯之下，我這菜鳥跟著體驗攀爬不亦樂乎，漸漸融入各式遊戲如脫韁野馬，距離岩岸幾層樓高的海水也跟著跳。

大夥休息用餐，一個人往附近岩壁走去，找到一個高處懸空、僅能容身的岩洞。謹慎摸索爬上去，遁入洞穴躺臥小憩，深深陶醉與世隔絕秘境，聆聽海浪沉穩呼吸般的韻律，生平第一次身心交付曠野與大地之母，遺世獨立彷彿天人合一。

來自美國的班哲明，父親是美國北卡羅萊納州執業心理醫師，母親是瑞典血統，大夥叫他斑馬。賴瑞看見斑馬不用蛙鏡在海水優游自在，笑說果然是泡在北歐海水長大。我和斑馬異口同聲哼唱英語老歌，一搭一唱把大家逗笑，兩人都是生於一九七一，也同樣雙魚座AB型，默契似曾相識。兩個都喜愛寫作，自己常寫作品登報，他在中國郵報以英文發表攀岩報導，把那篇文章副刊送我。

天涯海角各奔東西，有如南柯一夢，這幫朋友已然失聯超過二十年，往事隨著時空距離淡去，各種膚色聯合國朋友們可曾憶起，世界地圖上這個小米粒島嶼，有我們年少輕狂足跡。島上之北還有一個我，偶爾翻到斑馬贈與的報導作品，行旅路過北海岸，悠悠懷想往日狂野歲月。

黑皮膚的女子凱倫，途經一處海岸近水平坦處，若無其事告訴我，她有時一個人在此過夜。

一個人。過夜。

想到自己就學工作一路走來，流離他鄉，經歷天災人禍各種危機，納悶眼前的女子究竟是勇敢還是傻膽。心底頓時升起許多問號，不知從何問起。於是我看著她，她看著我，相視微笑，舒適圈於內於外，馬里亞納海溝般的差距無從說起。

黑夜，恐懼，危險，孤立無援，女生……，好多顧慮，為了人身安全，早已習慣拒絕冒險，鎖上心門，把滿天璀璨星辰關在門外。

一邊眺望通往新世界的列車奔去，不敢上路，一邊搖旗吶喊我們擁有自由。

公視群山之島紀錄片製作人詹偉雄說，野地攝影師星野道夫給我們的啟示就是，人生的終點應該是孑然一身，走在萬星為伴的路上；紀錄片中從事保育工作的郭熊和導演，於小水塘附近預先架設自動相機，錄到動物出沒畫面，美麗的鹿、壯碩的黑熊在水池盡情打滾玩泥巴。看到這一幕忍不住落淚。這些動輒被人驚嚇獵殺的動物，總算不受打擾。

不禁要問，難道非要到深山野外，苟且偷生一般，才能拿回平凡到不能再平凡的打滾快樂。對動物們而言，沙特說得一點不錯，「別人是地獄」。

煮好咖啡，剛好朋友送一盒蜂蜜蛋糕，連同起士麵包裝盤，老倆口直到週末才有時間共度美好早餐。

指一指餐廳外，露臺更遠處山谷，枝椏上停著兩隻咖啡色長尾巴樹鵲，滔滔不絕對先生說，鸚鵡和各種可愛鳥兒們，智商和思維應該有更深層面，好想深入了解，家住山邊且大半賦閒，趁機研讀動物學會很有趣。

倆人品嘗美味糕點，先生思念兒子，昨晚全家才在這個大餐桌一起吃火鍋，兒子們輪番展現幽默把大家逗笑。火鍋剛吃，我戲癮就發作，轉頭對先生說，兒子剛提到遺產，我們兩個要注意；沒想到柏林反應超快，轉頭對小崗說，我們兩個也要注意。

東扯西聊，為了具體化迷你馬的大小，我把加拿大警騎高大帥氣的馬拿來比喻，迷你馬差不多只有一半大；小崗接腔，馬那麼大，由馬來打壞人比警察打的還多，全部人一聽差點噴飯。坐在旁邊的柏林又順勢演戲：你過來，手銬銬起來，自己走到馬後面站好！

昨晚的聚餐就在笑話接力中，食不知味的情況下吃飽結束。

四月的早晨，陰晴不定仍帶寒氣，熱咖啡有種真實的溫暖，融合分散蜂蜜蛋糕的甜膩。先生耐心傾聽，任我暢談這個大餐桌，是很好的小型聚會交流場所，籌辦五六人的心靈讀書會之類。過去在玉市遇見一位熟女客人，對我談起孩子長大離家，生活茫然不知何去何從。人海茫茫都市中，隱藏多少空巢男女，細緻的穿著，優雅談吐，也許事業有所成就，心靈失親或無依，有如一片沙漠。

她說也曾試著走出去，學佛念經，學佛朋友姊妹淘一段時間不見，言語間數落她很久沒出現，不勤勞、不用功。攤位前方的大姐微笑背後，悄悄流露一絲無力感。因為信任，才會對僅僅數面之緣的我傾吐心聲，我也如同朋友般與她分享，自己所認知的佛學修行，有一個核心概念，就是拋棄我執。起心動念游刃有餘，隨心隨喜，不需拘泥念經念佛等形式，靜坐瑜珈也很好，自在的時間場所為之即可；至於朋友的評論是個人修為，擇善去蕪，盡量不要受影響。

話語投機，進一步鼓勵她，假如跟朋友去拜佛有壓力，不必勉強為之。平常可以留意興趣所在，也許相關演講活動，找到一個切入點去參與。自己最近有所體會，所謂精彩和快樂不是目標取向，比較像隨機碰撞產生。生活趣味不盡然明確存在某處，只要踏出去，過程中會結識談得來的人，激發不一樣的觀點，在平淡中激盪出一點火花，慢慢會活出新意，找到心的方向。

先生接著說，某日公司餐廳用餐，席間一位同事聊到愛好鳥類攝影。別人也談到其作品拍攝環境取材，似乎深入野地，有一定難度，時常在藝廊舉辦攝影展。他們公司大樓通道長廊，也懸掛許多該同事的鳥類攝影作品。

難得共進早餐，聽這些認真生活、努力豐富生命的故事，意猶未盡。眼看時鐘近午，例行寫作等著完成，先生也該動身外出採買修繕材料，這才依依不捨結束充滿驚喜的早餐會報。

南柯一夢七星山

最近在媒體上看著幾個年輕人登山紀錄片，遠離塵囂，徜徉山林，克服體力和環境種種艱難，一方面佩服樂觀和毅力，另方面著實羨慕不已。

回顧自己一路成家拚事業，養育小孩守著家庭，想讓放學的兒子看到媽媽，縱使粗茶淡飯，也希望他們能在家享用熱騰騰晚餐，白天網路工作加上黃昏煮飯責任使然，大多時間足不出戶。有時出門想好好走路逛逛，難免心裡一絲顧慮，廚房電器是否關妥，帳單記得帶出門辦理，家事瑣事是否收拾妥當。

小兒兩歲時全家住山上，每晚睡前，窗外蛙鳴如歌，我和先生窩在大通鋪，聽他說床邊故事。一時想到什麼芝麻蒜皮，又對先生叨念，察覺自己囉嗦趕緊自我解嘲說，媽媽又在管東管西。

誰知小兒手指爸爸說，你是管東，我是管西！

好高明的幽默，用字巧妙，又不著痕跡給媽媽台階下。

台灣人好幸福，山林就在不遠處。住家附近大山大樹開闊野外，電視裡，捷運站，許多人呼朋引伴，或瀟灑一人成行，背起行囊說走就走。

看別人走入山林，才恍然大悟，長久忘了對自己好。不是錦衣玉食那種好，而是不必拿家庭責任自我設限，應當學習釋放，隨心所欲踏入山林，以無牽無掛的心境回歸大地懷抱，不知老之將至。

像梭羅那樣，坐在船裡吹笛，傾聽鳥兒啁啾細語。

年輕時喜歡的休閒活動，除了游泳，桌球，網球，踩踩跑步機之外，劇烈活動一向敬而遠之。登山活動則是打從心裡畏懼，看別人扛起超重背包，野地露營過夜，自己也嘗過睡袋鋪地刺痛難睡，爬山對我而言完全是自討苦吃。

二十七八歲時，假日獨自在宿舍看報，年輕同事妹妹雅方一派輕鬆提出邀約，雅蘋姊，要不要一起去爬七星山？

七星山在哪裡？陽明山上？雅方說對，台北最高的山。

揣想自己平日缺乏運動，體力應該不行。雅方真是佛心來著，談笑用兵，柔性勸說：「妳可以的，幾個小時就回來了！」

簡單球鞋運動衫，抓一罐水，我和雅方直接上路。才進山區開始往階梯前進，要命，平常爬樓梯都喘的我，頓時悔恨交加，到底哪根筋不對，居然傻傻跟來爬山。

隨著時間過去，痛覺和呼吸漸漸適應，有伴同行，無形中產生一股力量，好啦，其實是怕丟臉的力量。幾度峰迴路轉，即將到達山頂，七星山高峰處幾乎只有台階，沒甚麼樹林遮蔽，藍天和終點近在眼前，心情也為之輕鬆。

明明是攝影師，卻不帶相機拍照，而今想起師父說的稍縱即逝，果然後悔。仗著年輕，所有美好都以為理所當然。

我們在七星山最高點駐足休息，俯瞰熟悉又陌生的台北景色。稍作停留後，下坡才是重頭戲，膝蓋需承受每一步重量，平日耐力不佳的膝關節，果然禁不起考驗。人就是這樣，最辛苦的登頂完成，其餘瑣事不足掛齒。和雅方有說有笑踏上來時路，路程不遠，順利回到宿舍。午後簡單梳洗進入夢鄉。

唯一證據只有膝蓋隱隱作痛，七星山此行有如南柯一夢。

匆匆往返，儲存一段雅方和我的回憶，世界依舊運轉，妨佛什麼也沒發生過。一如金剛經所說，一切有為法，如夢幻泡影。

若不是雅方溫暖的友誼，獨來獨往又好逸惡勞的我，不可能登上台北高峰七星山。

她的話言猶在耳，妳可以的。謝謝妳曾經在我懷疑自我的時候，依然相信我。

天外飛來第六感

隨著年歲增長，經歷許多不敢想像也不可思議的事情。師父說過因緣一事，正如蛋要煮熟，雞蛋、鍋子、水、溫度等因素同時俱足，才會發生。人們所謂巧合，背後有許多因素促成。

過去看過一則新聞，美國一位婦女，就讀南加大音樂系時曾捐卵，幫助一對不孕夫婦產下女娃伊莉莎白，不料十八年後，女兒也就讀同所大學音樂系。多年後伊莉莎白透過婦產科找尋生母個資，才發現兩人不僅是學姐妹，早在合唱團碰過面，於是歡喜重逢。這個真實事件，緣分巧妙之外，進一步抽絲剝繭會發現，遺傳基因佔有很大導引機率，讓母子血緣最終匯聚一起，殊途同歸。

不過話說回來，世界之大，茫茫人海，離散多年母女想要重逢簡直比登天還難。對自己而言，有些事件若以因緣解釋，機率過低，又太牽強。雖然自認理性擅長分析印證，也常百思不得其解。

大學讀銘傳在職班，星期六一堂電腦課下課，臨時發現磁碟片忘了抽出。眼看周末全校師生鳥獸散，電腦教室位於較高樓層，教室已經上鎖，樓梯間角落找不到工友老伯伯，空蕩蕩校園，只剩下伯伯收音機咿咿呀呀播放京劇，有種時空錯置的氛圍。

取得磁碟片才能完成作業，週一要交。叫喚幾聲沒人回應，只好自力救濟。仔細檢查每一扇門窗，甚至爬上高處試推窗戶，全都上鎖。想想手法不能太激進，打破玻璃會惹麻煩。就在萬念俱灰時，靈機一動掏出租屋處房間鑰匙試試看，啪，順利打開教室拿到磁片，意外通關。一般而言，不同門鎖鑰匙很難配對成功，簡直比中樂透還難。經過這次開門事件壯膽，日後遇到生活難題，總會多試試多想想尋找出路。

腳踏車的四位數號碼鎖，一陣子不用已然遺忘，問過家人也沒有下文。一天辦完事騎車進門，趁著四下無人，忽然想挑戰自己第六感，閉上眼睛想到那一組號碼帶些級距結構，睜開眼睛撥弄鎖碼，果然命中。

一個人運用念力居然歪打正著，實在太興奮，發訊息給老公說「請叫我超人」。傻傻幻想自己有特異功能。

還有一個求職事件，過程離譜又不可思議。

剛從電影科編導組畢業，履歷表寫不上經歷，想去的熱門行業不可能錄用，接電話、端盤子當小妹的職缺又不喜歡，於是應徵傳播公司企劃，寫音樂節目金曲之夜腳本，偶爾也陪主持人馬世莉出差下南部演出；個性不善交際，有感演藝圈的生態不適合自己，只好另尋出路，到藝文活動經紀公司工作。

後來，搭上新象承辦俄羅斯大馬戲團順風車，四處尋求業主贊助、銷售團體票，隨著表演團南征北討，漸入佳境，沒想到公司財務瀕危，幾個月領不到薪水，雖然老闆慰留，提供秘書助理職務，出外遊子總要考慮房租現實問題，還是決定換工作。

之後復興北路一家旅行社錄用，碰巧一位母校輔導組職員到旅行社洽辦業務，聊到過去騎單車穿梭校園的身影，對我有印象。那陣子體認到旅遊業不符生涯規劃，不如騎驢找馬，連絡母校就業輔導組看看有沒有機會。沒想到，接電話的先生告訴我，某機構徵求女攝影師，剛好符合所學專長。

一切條件，簡直比被雷打中機率更低。輔導組先生解釋這是目前唯一職缺，我是唯一來電詢問者；該機構常有婦女活動，女生較適合；爾後經歷初試，面試，順利進入該機構工作，負責活動照相攝影，剪輯製作節目，總算擁有專屬工作室發揮所長。

工作六年期間，在一次受訓機會結識未來另一半。先生和我學經歷南轅北轍，幾乎不可能兜在一塊。誰也沒料到離職多年後，在同事主管祝福下，與先生步入婚姻長達二十多年，重新成為大家庭一分子。

千里姻緣一線牽。先生年輕時玩碟仙一時好奇，效法同學詢問未來伴侶姓氏，跑出答案姓郭，而身邊認識姓郭的人只有福利社大姊，只覺一頭霧水，直到相遇才聯想起這段軼事。

一個又一個抉擇，一段又一段路程走來，冥冥似有天助，百思不解。彼此在人生地圖摸索前進，加入許多生命作賭注的牌局，驀然回首，那人竟在燈火闌珊處。

揀來揀去揀著賣龍眼

除了年輕熱戀每天寫日記，已經很久沒有認真看待書寫。平日與誰嘔氣，或遇到不可理喻的人，才藉由鍵盤發飆出氣；期間有幾年喜歡飯後出門散步，獨坐公園或騎樓，拿出筆記天馬行空書寫，與自己對話，抽屜存放一堆小本子，裡面滿是婚姻生活的喜怒哀樂。有時喜歡到咖啡廳報到專心打字。嚴格說來，從出社會認真投稿報社賺稿費，至今近三十年不曾好好寫文章。

剛成家時，作品拿到稿酬不多，寫作不成氣候，自嘆毫無一技之長，動起學藝念頭。先生下班照顧兒子，鼓勵我參加夜間職訓班，從學習銀飾金工做起，取得銀土師資，帶過一對一教學，之後上網接訂單，利用網路販售玉石商品。最狂熱一段時期，深夜沉浸創作窯燒琉璃，為了摸索火侯係數不斷實驗，玩到廢寢忘食。

聽從事幼教的年輕人說，成天做保母工作，下班也只想放空抒解保母壓力。一句疏鬆平常的話，卻讓睜眼閉眼都是孩子的袋鼠父母們感到心有戚戚焉。

生活被工作、育兒、家事佔滿，偶有閒暇也想看電影或放鬆。曾在奇摩拍賣討論區成立專區，幫人免費測字，自取一個鄉土暱稱，揀來揀去揀著賣龍眼，自嘲眼光刁鑽，天公作美才能遇見相知相惜的先生；測字版面提問熱烈，偶爾要安撫網友等我抽空回覆，該版歷時多年，也結交許多好友。諸如此類插科打諢耗去大半天。

日子就在家庭瑣事，邊做手工邊打混中度過。婚後只有幾篇愛情故事上報。追根究柢，好好寫文章這事，優先順序從來不曾置頂。當成例行公事按表操課，這是頭一次。

這個資訊四面八方包圍的時代，要坐下來專心寫文章，憑良心說真的不容易。比起哈韓族群，本人已經幾乎不追劇，還是有太多精彩的電影電視節目，一旦上網就會迷失在一篇又一篇的時事趣聞，就算下決心斷網，待辦事項磨蹭一下就中午，再翻找整理一番，轉眼就天黑。

時間要浪擲起來，揮金如土沒在怕的。

日復一日，隨著孩子成長，想要專心寫作的念頭漸漸擴大。一個人渴望從事的興趣，假如長久無法滿足，總有一天會爆炸；逐年察覺內心不滿，愁眉不展，影響家庭氣氛，終於下決心改變生活。

趁著先生近年面臨退休，全家都喜歡接近大自然，設法安頓郊區的新家。優先要務是打點窗邊書桌。為了讓計畫徹底執行，家庭成員必須比以前更自律，完成份內功課和家事，所幸平時訓練有素，先生一向自行送洗西褲襯衫，兒子不須媽媽盯著寫功課等等。幾個月來聚少離多，才能在這如同寫作營的僻靜環境專心書寫。

例行早晨書寫上路，獨坐案前打字。幾次假日先生在身後出聲胡鬧，稍晚寫完耐住性子問他，你覺得我坐在窗邊筆電前在做什麼？他會傻笑耍賴回應。

默契慢慢形成；週末難得有時間，倆人就著早餐咖啡糕點，天南地北聊到欲罷不能，先生也會逗趣地說，還不快去寫功課。

埋頭書寫看似孤獨乏味，一旦寫出興致，就像一個人的旅行，視線所及也許風景單調，無意間會遇見鮮活的人事物；有時某個題材引起共鳴，開始任憑思緒奔馳打字，常有柳暗花明之感，連自己都感到驚奇。

日前有一則新聞寫道，挪威獨居老人，晚景淒涼，陳屍九年才被人發現。

生命結束，如同旅途終站，沒有人有特權倖免。用淒涼二字未免太沉重。

唐伯虎〈桃花庵歌〉，「世人笑我太瘋癲，我笑他人看不穿。不見五陵豪傑墓，無花無酒鋤作田。」詩句自許淡泊名利，成敗轉頭空，也在暗喻人生總有終點。

生命最後一刻無論眾星拱月、親友圍繞身邊，或是獨自闔眼離世，終究只是一時。難得今生到此一遊，隨心所向，勇敢去愛，奮力去闖，讓自己沒有白走一遭，才是人生真義。

如果最後旅程，恰巧無人同行，何等瀟灑，我是大地的子民。

一個人的迷你慶功宴

面對無垠大海，天地之大，渺小此身，誰的滄海桑田，誰的風花雪月，誰的悲歡小劇場，心底映照的感觸光影人人各異。

一日正午，露台風和日麗，前景清晰，遠處海岸線一方白色浪花隨風舞動，心生幽微感觸，例行書寫工作之後遇見的美景，既是舒心也是犒賞。反之，渾噩度日無所依歸，碧海藍天也洗不去內心虛浮。

人說自己就是自己敵人，往往習性也是自己養成。難得獨處，深知自己有所偏執，例如以往手邊有訂單，總是設法當天出貨，行有餘力盡早完成，只為留些娛樂時間心安理得去享受。日積月累下，發展出一套順勢理則，類似一人套餐的小型慶功宴，書寫這件平常小事，於我而言是刻意製造的驅力。

任憑專家大師說得再多，如果不能坐下動筆或打字，一切都是空談。

坐下書寫，明明很簡單，也是最難。對自己而言，寫作是畢生愛好，常相左右到老的嚮往，勉強為之不是長久之計，必定要心甘情願才行。

生活有許多誘惑，永遠有明天，總有藉口拖延書寫。坐定書寫，又心猿意馬，好像什麼都是材料，想想寫寫又覺得不滿意。前前後後，要對抗生活周遭妖魔鬼怪，又得打趴種種心魔。整體而言，書寫是內憂外患，絞盡腦汁的過程。

一開始，就像受到棒棒糖引誘的孩子，把書桌安頓大窗前，安穩靠牆，雙眼可以遠眺，前方山谷景物是很大誘因，長時間近距打字眼睛容易疲累，看看綠景可讓視力休息。書寫過程需要腦力激盪，搜索用字遣詞，將虛擬情境化為文字，開闊的山林正是一個最佳神遊仙境。

窗前書桌就位，文具，筆記本，桌燈備齊，薰香用具擺妥，像不像三分樣，艷羨焚香撫琴的文人風雅。

大窗正對西南，中午過後烈日西曬，書寫應當趁中午前完成，除非天候陰涼，此地不宜久留。日復一日，書寫步入軌道，不忍半途而廢，自勉排除萬難，抓到一點靈感就寫，藉由練習試著找回文思。久遠年代前文章時常登報，畢竟荒廢已久，不惑而後知天命，只盼文筆拾回三分即是幸運。

專注構思時，瞥見窗前樟樹飛來小鳥，一群好友活潑叫喚引我注意，窗內全心打字追趕奔騰中的思緒，只能暫時冷落枝頭熱情召喚的鳥兒。

這陣子體察自己狀態失衡，不適合與人會面，深怕無意間言行拿捏不當遭到誤解。恍如嗑藥或酗酒瘋癲狀態，一下埋頭書寫，寫完彷彿大赦特赦，樂不思蜀有如脫韁野馬。

好好坐定寫完一篇文章，關上電腦，心滿意足去準備午餐。先生下班帶來愛心料理，飯菜雞湯熱一下就行。若無餐食，就用悶燒杯沖泡速食粥，或是五穀麥片粥；蒸些玉米或地瓜，也是美味無比。只要調適得當，斷食清腸也是好事。自己平素清簡有如出家人，簡單蔬食即可，過午不食也行，戒斷對食物、物慾等依賴。如此一來，就算離家外宿，如同前幾年到花蓮靜修書寫期間，在外租屋深居簡出，照樣怡然自得。

午餐時分，個人獨享小型慶功宴，就從按下電鍋啟動。趁著熱飯這半小時，到外面露臺提水澆花，欣賞整排玉米瘋狂抽高長葉，多肉和觀音蓮卷絹盡情享受日光浴，兩盆南天竹葉子落盡，頂端冒出小嫩芽。

餐前中場時段，做些打掃洗衣家事正好。有時則放鬆洗頭整髮，自我暗示階段家務完成，就可以安心用餐看電視，自然手腳輕快又有效率。

小兒方崗不到五歲就想學騎車，央求大人拆下後方輔助輪。難得孩子願意自我挑戰，強作鎮定叮嚀他，媽媽跟在後面不要怕，用穩定速度踩下踏板，不要停頓就不會摔倒。小崗信心十足順利上路，翹首觀望的家人忍不住喝采。

借力使力，順勢而為，找到自在的節奏，就能像老鷹馳騁氣流翱翔天際，海闊天空。

意外闖入迷霧山林音樂會

遇見她那年，我二十三歲。她就讀師大音樂系，身材嬌小，一頭烏黑短髮，脣紅齒白，輕聲細語帶點書卷氣質。自己向來孤傲，不會輕易羨慕別人，她是同輩中少數讓自己心生孺慕的女子。

當時在旅行社上班，三個同時進公司的菜鳥，沒有一個是相關科系，接到任務，經理簡單交代流程和推廣重點，前往校園推畢旅行程。幾天後公司接到詢問電話，初步溝通後，願意讓我們承辦三天兩夜的畢旅。老闆說對方是我先前聯絡的班級，就讓我參與帶團，跟隨音樂系同學往南出發。

生平頭一次以旅行社助理身份，跟著老闆出團，在遊覽車上拿麥克風介紹沿途風光，簡述當日行程，學習如何製造話題拉回學生注意力，如何帶團康。進飯店和餐廳前把小組分配好，接著自由活動時間，加入幾個女生窩在陽台嘰嘰喳喳，打成一片。她們在音樂系各有專長樂器，聽說我讀電影編導，彼此羨慕又感到新奇，就在南橫山區小聚機緣認識她。

羨慕她的原因，一部分是因為生活圈差異，年輕的視野渴望開展，最大原因應該是家境不同。小時候央求母親想學鋼琴，然而學費高貴，對鄉下務農的家庭而言，課外學習是不必要花費，收入要用在刀口上，諸如食物、家電、就學、就醫等等。總之，鋼琴就是一個鍍金的夢想，遙不可及。

剛畢業進入傳播公司，為金曲之夜主持人馬世莉寫腳本，收入不到三萬，扣除七千元房租和必要生活費，盤算只要物質慾望清簡，應當可行。於是決定在公司附近報名爵士鋼琴課，初階學習看譜和和弦伴奏，半年後又換工作，學琴只好放棄。

大專時期，二哥一度在台北工作，先是擔任信義房屋仲介，而後在景美的潤泰建設擔任工地主任。那時我讀世新，跨上拉風紅色兩輪變速跑車，從木柵騎到景美工地找二哥拿生活費。幾個工人看見身材高挑的我騎車帥氣現身，站在日曬黝黑的二哥身邊，開始瞎起鬨。馬子厚！二哥是主管，總要顧及面子，隨口應付說，我妹。工人們接著調侃他，別騙，差那麼多。看到拿錢繼續嘲弄他，有事要講捏。

台北居大不易，讀書生活樣樣花錢，不好意思繼續當伸手牌，開始利用下課到處應徵求職。後來在行天宮附近一家知名KTV，面試遇到作風明快的女經理，「慧眼識英雄」，一看履歷南部鄉下來的，再看看外表穿著保守，交際應酬應當不行，不適合門市或接待工作，於是推薦機房部門，負責播放伴唱帶。這種幕後技術職位，只需做好份內的事，衣著不要求，不必抛頭露臉，對我而言如魚得水。

機房大哥大姊非常照顧新人，為我取綽號大蘋果。大夥時常帶點心飲料進公司一起分享，開些無傷大雅的玩笑，偶爾誰哭訴戀愛受傷，誰爆料好友糗事，誰腦海裡默背影帶歌名編號，簡直是真人電腦，常是大夥求救對象；每到月底，大家期待生意興隆獎金提高，又會有人買東西請客。公司夜間八點提供晚餐，菜色不多，但精緻美味，溫馨工作環境，對異鄉遊子而言就像大家庭。大夜班的收入加獎金三萬多，應付學雜生活費綽綽有餘，自此邁向經濟獨立。

出身鄉下，試圖融入這個繁華城市，年輕時隱約感到自卑。隨著工作歷練慢慢修正，學習在實踐夢想和現實取捨之間取得平衡，尋找適合的職務和環境，讓自己活得更自在。慢慢發現人與人之間不需比較，自卑只是顧影自憐的錯覺，人說萬丈高樓平地起，天助自助者，認真做事就有收穫。

從旅行社離開，進入大型機構擔任攝影師，下班時間就讀在職班英文系，結識更多大哥大姐。中秋前夕，班上一位姊姊邀約到陽明山老闆別墅賞月。我們當天午後抵達山上，在女上司熱情招呼下，享用美味柚子和佛跳牆，又前往附近湯屋泡澡。

黃昏與友人到附近散步，無意間遇見一場中秋音樂會。我們走上高處樓台，靜靜聆聽細雨中的管樂團演奏，台上台下屏氣凝神，不忍驚動一曲天籟。神遊之際，看見台上一個熟悉面孔，正是當年帶旅行團遇見的音樂系女子。演奏告一段落，見她走下觀眾席，於是走向前去引薦彼此朋友認識，異地重逢滿懷欣喜，互相留下電話，看我欣賞她手上配戴的原住民琉璃，她爽快答應找台東朋友訂製給我。

許多年後，偶爾打開抽屜，見到彩紋斑斕的琉璃珠手鍊，思緒又飄到那一場音樂會，山嵐濛濛，中秋月影初現，沁涼空氣中帶著一縷野花幽香，悠揚音符在山林深谷飄盪。幸福滿溢陶醉之際，秋風又送來一份恬淡的友情，整個回憶太過華美，太不真實。

當時我們像天上明月，飽滿發光。人生起伏如月亮陰晴圓缺，等著長路上一一體會。

那時正年輕。

羅大佑真是莫名其妙

「人間啊，存在人之間才是人間。」說出這句話的人，是一位日本獨居老人前田良久先生。身為攝影師長期影像訓練，對這個名字印象特別深刻，「前田良久」，一個人久久佇立田野前方，名如其人。

雖然該節目用「啃老」、「囤積症」這些聳動名稱描述老人生活背景，而依照自己經驗理則，凌亂不堪的表象，背後大多隱藏失落的靈魂。節目進一步回溯家族史，前田先生的家人前後離世，他長年深居偏僻大宅院，依靠遺產拮据生存，打算就這樣度過漂萍一生，表明用完最後一分錢就會自盡。

日本因應疏離世代，出現行業「親人租賃」。消費者可以依照個人偏好條件設定陪伴需求，例如外表，用餐喜好等等，用金錢交易方式購買慰藉。人是群居動物，不論是獨居熙攘城市，或荒山野地杳無人煙，終要面對孤單狀態，就像航行汪洋大海，日復一日漂流，無邊無際的空無揮之不去，啃蝕心靈，終將擊垮人的意志。「親人租賃」在人生的遠航道路上，默默發揮救生艇和燈塔的功能。

年屆半百，走過人生大小風暴，淚點變得很低。真心覺得，音樂才子羅大佑真是莫名其妙，寫什麼「告別的年代」，恣意牽動心底漣漪，讓人聽見「思念」的電吉他旋律緩緩流瀉，眼淚立刻不聽使喚。人世間許多事不知從何說起，只能自己揪心掙扎。

往事歷歷，人明明在那裏，風箏早已斷線。一個又一個至親好友，走進生命又悄悄淡出，不是失聯，就是早已隨風離世。

那人在寒冬就著炭爐，用皺紋滿佈的雙手溫暖我的小手。那人在同伴們夜遊散場後，借來父親的機車護送我回家。新婚歸寧宴那人來作客，稱讚穿著粉色禮服的我像洋娃娃。那人在廚房做菜，對著坐在旁邊小凳子的我，訴說丈夫外遇無人傾訴的感傷。那人總是疼愛我，微笑羨慕我擁有好伴侶，提醒我理想的可貴。那人與我騎車，有說有笑行經村外堤防，踏入無邊紅霞。

一個人不曾心碎，不曾失去至親，就不會明白那種滋味。一日在商場大廳，看見一對小兄妹嬉戲奔跑，妹妹跌倒，哥哥回頭把妹妹扶起來；稀鬆平常的一幕，今後只能追憶，一個人在座位上掩面哭泣。

從來沒有一堂課，認真嚴肅教我們如何面對失去。無常無所不在，生離死別是痛徹心扉的課題。遇人不淑，掏心挖肺換來無情無義，不白之冤的憤恨，舉目無親的暗夜哭泣……，人生路途有太多挫敗，沒有商討餘地說來就來，任憑踏破鐵鞋也找不到解方。只能一路摸索嘗試錯誤，體會佛學經典傳達的道理，效法先賢禪師循循善誘的課題，一點一滴，觀照內心失落殘缺。

暗黑夢魘襲來時，請為自己點亮幽微希望之光。

加勒比海的紅豔相思豆

一日心血來潮，到北投綠建築圖書館一遊。途經新北投捷運站，前方公園有水舞噴泉廣場，老人們在樹蔭長廊桌椅下棋，附近有荷花池，緊鄰池塘就是一方廣闊水泥地溜冰場，喚起遙遠記憶。

一九九九年屆廿八，幾年努力工作儲蓄，為自己買下一間小房，目標是告別職場，擺脫朝九晚五日子在家工作。為了徹底揮別一成不變的生活，平素節儉的我決定犒賞自己，到百貨公司購買一雙橘色直排輪，每天到公園溜冰場報到。當時已經聯繫國外語言學校，也訂好飛往中南美的機票，對自己下戰帖，想跨出舒適圈，就要把年久生疏的溜冰練回來，行萬里路之前必需鍛鍊雙腿，藉由生活挑戰為自己壯膽。

不想再作怯懦女子，不想羨慕路上溜冰呼嘯而過的身影，總該認真活一次。

千禧年到來前夕，刻意剪去長髮，脂粉不施，換上白上衣牛仔褲，把橘色直排輪放進橘色行李箱，踏上前往加勒比海旅程。多明尼加海邊的西語學校遠在地球另一端，中途需在紐約轉機停留一夜。無意間錯過前往市區的接駁車，由於從來不搭計程車，又擔心到市區睡過頭錯過隔天班機，索性既來之則安之，一個人待在甘迺迪機場等天亮。

眼看機場商店一家一家打烊關燈，走向零食自動販賣機買些巧克力條，空蕩蕩機場的漫漫長夜，對長年在都市活成驚弓之鳥的我，很是煎熬。坐在地板玩撲克牌，寫寫筆記，一點風吹草動就讓神經更加緊繃；負責清潔打掃的黑人遠遠走來，全身細胞高度警戒，又不能表現太明顯，天亮之前，可說是咬緊牙關度過。

飛到目的地，抵達網路預訂的公爵飯店，在當地人指路下，很快找到通訊行辦好手機。散步逛街探索城市，到附近大飯店附設賭場繞一繞，如願買到當地英文報紙，分類廣告欄有許多租屋資訊，畢竟預計停留一段時間，月租雅房比較划算。

公園或路邊綠地，隨處可見大小鸚鵡，寵物店陳列滿滿色彩斑斕的鳥兒，還有艷麗奪目、高度動輒超過一公尺的金剛鸚鵡，這種熱帶風情珍奇動物，真令我嘆為觀止。在聖多明哥熱鬧市街，光是鳥類就目不暇給。

當地許多商場店家，大量販售玳瑁、琥珀，還有多明尼加特有的海紋石Larimar，尋尋覓覓購買幾樣當作伴手禮。多年後從事珠寶設計生意，回想這段頗有入寶山空手之憾，琥珀，海紋石身價翻漲，事過境遷，就連玳瑁也因保育禁採。

計畫跟不上變化，受天候影響，海邊的語言學校臨時停辦。後續多方打聽，透過華人朋友協助，順利進入市區西文學校初級班，正式開啟學習外語生活。

清早上學，從租屋處散步出門，經過廿七大道一家露天咖啡，戶外雅座撐起大傘隱身綠樹，外觀與香氛皆清新宜人，一杯香醇美式加草莓或巧克力甜甜圈才兩元披索，約合台幣六十元。有天點餐完畢才發現忘了帶錢包，這麼低廉的費用居然付不出，很想挖地洞鑽進去。櫃台小妹妹甜笑安慰沒關係，謹記不能丟台灣人的臉，隔天連忙補上欠款，洗刷白吃白喝罪名。

有時搭公車上學，時間較趕就搭共乘車，那是專門往來主要幹道的大眾運輸，通勤族擠在小房車，常有疊坐異性或陌生人身上的窘境。最慘的是明明車上已經擠滿人，前方有「巨無霸」乘客招手，眼看司機又靠邊停，每個人暗自咒罵，只盼趕緊下車脫離苦海。

遙遠海洋國度瑰麗迷人，橘色直排輪帶我四處探險，盡情體會千奇百怪異國風情。七里公園外圍，是沿著海邊直線綿延的柏油路，居民在此散步跑步運動。怪了，自己溜冰明明是直立前進，跑道地上的油漆圖案，溜直排輪的人形卻是俯身彎曲。與人聊起這事，朋友說改天溜給我看。他高中曾是溜冰隊，那天見他踩上直排輪，子彈列車一般疾速前行，很快從視線消失；原來直排輪是這麼回事，脆弱的自尊受到重擊，久久無法言語。

位於加油站速食店名叫On The Run，取名跑路中真是搞笑又貼切。租屋附近餐館選擇不多，而麥當勞肯德基之類的連鎖餐飲，也在公車幾站路程之外，超市的熟食不久便吃膩，最重要的，跑路小館窗明几淨，炸雞薯條沙拉樣樣美味可口，自然成為餐飲首選。

經理是當地人，制服畢挺，胸前配戴黃色普普風領帶。一回生兩回熟，熱帶風情的領帶越看越亮麗，小聲探問能否代購，才知公司配給非賣品，經理也愛莫能助。每回用餐，他總是親切招呼我這異鄉人，離峰時段同座陪伴，不厭其煩用英語為我解釋某些西班牙文語句。跑路小館是一個溫暖小站，也是多功能生活訊息交換站。

這裡的陽光、空氣、海洋慷慨無私給予養分，在這塊充滿能量的土地上，三兩好友臥看雲起，在觀光賭場挑戰自己收放尺度，把握時光學西文、參訪名勝古蹟、打網球、游泳、也結交許多來自不同國家朋友，把日子過得淋漓盡致，真情快意莫過於此，彷彿經歷一場身心洗禮得到重生。

天下沒有不散宴席。幾個月後，好友熱情餞別祝福之下，依依不捨踏上返國之路。熱帶的天空，街角歡快的舞曲，那些熱情的面孔和溫情的雙手，一如公園撿拾的紅豔相思豆，在心中化成熱能和火光，留下青春印記，永誌不忘生命豐沛美好。

姨丈借我的單眼雅西卡

老家舊宅抽屜裡，靜靜躺著一個復古相框，那是十多歲初次北上造訪台北故宮，平時喜愛照相的三姨丈，為盡地主之誼，不惜花費讓我體驗，換上宮廷華服鳳冠後由專人拍照，照片裡青澀的臉龐，手執絲綢羅扇，道具一般的站姿，有如古裝劇女子。

到台北求學之後，時常去三姨家找表妹作伴，三姨不僅美髮手藝好，廚藝更是厲害，道道佳餚暖胃又暖心，把我當成自己女兒般噓寒問暖。表妹房間牆上掛著兒時發黃相片，他們早年到日本旅遊，姨丈親手為家人留影。

三姨家客廳的綠金剛鸚鵡，數十年來情同家人，姨丈為牠取名台語「青帽仔」，鸚鵡活潑愛說話，除了「你好」，「呷飽未」招呼前來美髮的客人，拿手絕活就是〈農村曲〉，透早就出門，天色漸漸光，毫不含糊唱完一整首。

一次攝影學要交作品，學生時代阮囊羞澀，買不起單眼相機，只好向三姨丈求救，姨丈二話不說慷慨出借他的YASHICA，日本雅西卡單眼相機，一時如獲至寶，趕快買一卷黑白底片，外出找景拍照。

自訂主題「相映宛然」，沿著景美公館四處取景，尋找鏡面反射相關題材。例如路旁計程車前座矗立一只光面金屬球，反映天空和景物。又如住處玻璃窗上方的褪色囍字紅紙，光影折射成對成雙。窗邊太陽眼鏡、河畔水牛、汽車後車廂玻璃等景物的倒影。外拍數量尚未達到老師要求，天色已暗，移到租屋室內用自製佈景，拍下鏡中重疊的高跟鞋特寫，挪移家具用距離製造景深，自拍穿著黑絲跟鞋的長腿，閉門造車，拼拼湊湊總算完成。

先前日程耽擱，短短一個周末必須完成作品，技術上許多關卡有待克服。礙於坊間沖印店不收急件，假使有接急單也是加倍收費。眼看作業無法如期完成，一籌莫展之際，平時一起聊天彈吉他的學長傳來消息，電影技術組的學長有裝設暗房，對方願意協助沖印，只收相紙工本費，更令我感動的是，學長耐心處理感光ASA值過高問題，一一沖洗完成。強迫顯影必然造成整體粒子較粗，意外促成頹廢中帶點華麗的風格，取回時懷著欣喜一再道謝。

最後為每一張作品註記短詩幾句，不外睹物思人，風月離愁，高跟鞋那張就寫秋風落葉，行過歲月的踅音。棕色西卡紙裁成封面，標題彩繪裝訂成冊，總算在週一攝影課如期上繳。

王瑋老師如今活躍學院和影視圈，拍過許多廣告和電影。當年甫自國外學成，擔任世新電影理論和攝影學指導老師，發回作品時隨口一句讚美，意外讓我成為一時風雲人物，同學紛紛借閱攝影作品一睹究竟。

幾年後輾轉求職跳槽，擔任節目製作與平面、動態攝影師，得以在暗房沖洗照片，那是工作中少數陶醉忘我的時光。靜謐幽微的空間，一盞小紅燈，四週帶著淡淡藥水味，一方與世隔絕的天地，全然獨處看著作品從無到有，任狂野思緒放縱遊走。

一路走來看過許多愛好攝影人士，一心追求高端新穎鏡頭裝備，務求各式配件齊全，訴求色相華麗更勝結構紮實之美感與情感。所謂審美價值人各有志，個人取捨毋庸置喙。

說是食古不化也好，固執守舊也罷，燈紅酒綠的城市，仍有一個我耽溺純粹，拒絕刻意雕琢，嚮往舊時代的單純樸實。就像簡單的雅西卡，沒有花俏功能，也沒有豪華濾鏡、長鏡頭，憑著獵人般冷利的雙眼，留下自成一格的經典雋永。

十年後會遺忘的都是小事

前天晚上一陣地動天搖，心緒浮動坐立難安，原先在客廳看電視的家人當機立斷，起身走到門口開鎖，擔心地震壓垮門框讓門鎖卡死，萬一情勢不妙可隨時逃生。

平時做的功課，不論是佛學的空無，經書說的一切如夢幻泡影，禪修的放下執著，真正面臨生死交關的瞬間，全都破功。

兒子一個剛成年，另一個才小學五年級；眼看中年人生日漸恢復掌控，孩子慢慢茁壯，正好發展興趣和志業，自己的山居書寫才剛步入軌道；假如此刻天災地變，錢財意外失去是莫可奈何，若不能繼續追夢必定捶胸頓足。

地震隨堂小測驗果然不及格，離真正放下還早得很。

不要說地震。櫥櫃裡收藏成套醉翁陶製擺件，伸手拿杯子時，無意間被衣袖牽扯，一個小陶偶應聲碎裂，我執立現，責怪自己粗心大意，也遺憾四人成套的醉翁剩下三個。

先生用一貫的慈悲安慰我，三個更好。

身外之物，僅此而已。繁華過盡，富貴如雲煙，這一生就是過客，從來沒有何人何事何物能長相左右。理論看似簡單，實行起來比登天還難。君不見人類社會無所不爭，陌生人細故摩擦即大打出手，至親好友翻臉不認人，紛紛擾擾，官司不斷，更多殘燭之年，甚至臨終還在為遺產爭執不休，嚥不下最後一口氣。

一念地獄，一念天堂，放過別人等於放過自己。世間富貴，得之我幸，不得我命。為了保有心靈的一方淨土，人人都要修習放手，就算眼前諸事不順，水不到渠不成，依然保有笑看凡塵的豁達和瀟灑。

牆上的春聯對句「芳草春回依舊綠，梅花到時自然開」，細細思量，別有一番從容優雅。小兒子每次看我吞吐扭捏，無法直言上廁所這事，拐彎抹角說媽媽要去「小解」，機靈的他馬上歡快回應說，「大解，小解，千斤大小解！」讓我差點笑破肚皮。

舉凡生活中點點滴滴，用心計較的錢財數字，時時掂斤論兩未免太辛苦。自己吃點虧，幽默以對，讓人占便宜開心一下又何妨。

菩提本無樹，庸人自擾之。

爸爸年輕時為了生計，跟村人結伴同行到北港果菜市場去賣菜，當蔬菜銷售大半，爸爸見好就收，存貨全部賤價拋售，最快把架上清空，大夥戲稱他為「市長」。這是明智的做法，讓人買到便宜蔬菜，利人又利己，畢竟蔬菜有保鮮期，更重要的是，不用再將剩菜千里迢迢運回家。

自己從商多年，不論網路或是店面銷售，只要成本回來，大多願意平價售出，一方面贏得客人信任，廣結善緣，另一方做生意講求貨暢其流，資金循環繼續買貨促進經濟，從任何角度看待都是雙贏。

凡事秉持正念與善念，效法彌勒佛扛起責任的布袋，用大大的肚量與人交陪，把笑容和溫暖帶給別人。俗話說「十年後會遺忘的都是小事」，換句話說，凡事抓在手上也不自由，人生旅途，最後全都帶不走。

脫韁野馬營救計畫

大學時期曾就讀英語系，一位白髮斑斑的老師，要大家繳交一篇英文自傳。總不能千篇一律，於是第一段這樣寫：一個從小島南部北漂的個體，兩個農夫的女兒，兩位正直青年的妹妹，只要獨處暗房沖洗照片就變身國王。老師當眾讚美，給我很高分數。沒有人知道，自傳的後面是寫留學大夢，正在籌備經費，時機一到就要飛往美國讀書。

不知何時，血液開始流竄脫隊流浪的因子，或許它們就刻印在基因密碼裡。羅馬不是一天造成，成長之路，凡走過必留下痕跡。

父母農忙早出晚歸，兩個哥哥不是去上學，就是野放不見人影。童年除了到奶奶家玩，大半時間自己度過，在房間翻箱倒櫃尋寶，或是拿書來看，家裡只有兩本書只好看過再看，就是鳥類圖冊和格林童話。還喜歡隨著陳芬蘭唱片裡的走馬燈，對著鏡子搖手擺腳，不知哪來的自信，竟背著家人偷偷報名歌唱比賽。窮極無聊時就拿頭髮開刀，剪出奇怪髮型，連自己都看不下去，趕緊騎車去新港街上討救兵，請髮廊大姊幫忙剪成男孩般的短髮。

國中讀升學班，數學理化時常不及格，高中聯考前，導師勸我重心放在五專，許多科系也是前景看好。忘了何時開始，班導的脫韁野馬營救計畫悄悄進行，透過智力測驗和投票選美，重振低落的自信。導師身兼英語老師，時常當著全班的面點我背誦整篇英文，擔心背不出來太糗，晚上在家預習背書才敢睡。平時大量隨堂測驗聽寫複習，鼓勵與鞭策雙管齊下，英文成績突飛猛進，靠著文科攤平數理慘淡成績，跌破眾人眼鏡考進第一志願省嘉女中。

當時其實無心升學，只想就讀五專學習一技之長，然而顧慮父母重擔，只好選擇只需讀三年、學費較低的省立高中。進入新的團體生活，身邊女孩都在讀書，總顯得格格不入，每天寫不完的大小考試，簡直度日如年。從高一開始，軍歌比賽擔任指揮，參加儀隊，防身術指揮等活動表現出色，功課依然一蹋糊塗。午休時間，校園陷入一片安靜，時常偷偷溜進禮堂，一個人坐在舞台的鋼琴前方，陶醉尼羅河女兒的悠揚迴聲，享受眾人皆睡我獨醒的片刻歡愉。

高中畢業，進入大專前一年，到嘉義市區紅娘婚紗攝影公司當學徒，師從知名攝影師孫清水先生。助理工作薪水不高，卻是職場生涯中重要里程，跟著師父紮紮實實學習打光，修片，骨董機械蛇腹相機MAMIYA拍攝技巧，拉下快門線犀利的啪擦聲很過癮。畢竟是學徒，入行還有層層關卡，例如獨自進入關燈浴室，底片不能曝光，摸黑挑戰閉眼安裝底片，十秒內完成才算通過。公司大小事、棚內與外拍都要幫忙，帶新人擺姿勢要學美姿，跟著經理顏姊學新娘化妝與卸妝，接待新娘試穿禮服，協助打理造型和飾品，把新娘漂亮地送進攝影棚。

那年我才十九，努力學習攝影技巧與職場規則，同時冷眼旁觀成人世界的荒謬。不只一次，新娘子神情落寞，帶著身孕在更衣室著裝打扮，在外等候的新郎手上拿著菸，進入攝影棚兩人見面形同陌路，完全看不出即將步入婚姻殿堂。

負責門市的瓊玲，氣質優雅中帶有一絲傲氣，也可能因為陌生，潛意識與之保持距離。一日她埋首修改禮服，手上的針穿不過厚布，喚我過去幫忙。鄉下孩子比較不怕痛，咬牙逞強把針穿過，沒想到瓊玲姊肯定我說，只要妳有心，將來沒有做不到的事。這句鼓勵長年悉心收藏。

十九歲之後北上求學，又是另一篇章。孤獨於我並不代表淒涼，而是一個自在的狀態，想去的地方，想吃的食物，該離開或停留，不須徵求他人同意，生活十之八九不如意，自己承擔即可，不必遷就他人也不會推卸責任。

而今居住山上，家人在上班上學中。大半獨居的日子，例行書寫完畢，搭上山區小巴士，隱遁山林，兜兜轉轉又涉入市集淹沒人群中。我是誰，我在何處，無牽無掛。

柳暗也好，花明也罷，美好世界我曾來過。

呼叫天琴座，聽到請回答

寒冬過去，隨著春天腳步到來，屋前山谷乾枯已久的大樹，無聲無息長滿綠葉，一叢叢白色花蕊綻放。獨坐案前沉浸書寫，一陣風吹拂蓊鬱綠樹，白色花瓣紛紛灑落，幸運之神眷顧，目睹一場隨風舞動的花雨。

詩人說的城春草木深，感時花濺淚，悄悄在平凡的四月早晨上演。

季節更迭，大地甦醒，飛蟲鳥獸、蜜蜂蝴蝶開始活躍。物換星移間，新聞預告天琴座流星雨登場，月底到達高峰，書桌寫上提醒日期的便條紙，昨夜臨睡才想起此事，邀先生到陽台看流星，先生搬出兩張躺椅，明亮月牙高掛，晚風習習，頭頂上除了幾朵白雲，就是滿天星斗。

兩人翹首等待幾分鐘，星空依舊毫無動靜。

「天琴座，呼叫天琴座，聽到請回答。」自以為擁有超能力的我，一時很想模仿太空人。

「OVER！」先生隨口補一句。

兩人還在一搭一唱傻笑，流星從我頭上畫過一道閃光，先生剛好起身沒看見。自作多情想像，一定是天琴座回應我的呼喚。

幾個月前剛搬來山屋，時值年底，十二月中雙子座流星雨上場，和先生在露臺守候，兩人相擁對抗冷颼颼的寒風，幾顆流星接連劃過天際，驚呼不已。更早的八月，新聞得知英仙座流星雨到達極大期，先生為了愛追星的老婆，趁孩子入睡，深夜帶我驅車陽明山，可能因觀測地點光害嚴重，守候半天沒有如願。

暑假結束前，在嘉義老家院子和母親閒話家常，撞見斗大流星從大兒子頭上劃過，光線太刺眼，引起小小震撼。

浩瀚神祕的宇宙，難以計數的億萬星斗，難得的機率才能遇見一顆殞落的星子。

地球運轉千歲萬載，宇宙無窮，人海茫茫，要遇見知心共枕的伴侶，天時太久，地利太廣，人和太少，因緣奇巧無可言喻。

流星和花雨，彩虹和煙火，日本人鍾愛的櫻花，世間所有的璀璨，皆因短暫緣遇，顯得格外珍貴。

總要到酒醒時，才知道真正屬於自己的，能握在手裡的，少之又少。如智者所說，當下的夕陽，共進早餐的人，明日不會重現。言猶在耳。

浮游此生，在水霧蒸騰的鏡面刻畫愛情的名字，似真似幻，了無蹤跡。

早知生命總有盡頭，不如勇敢去跌撞，勇敢去愛，才會懂得霎那便是永恆。

白頭偕老是一個華麗緊箍咒

打從娘胎出來，每個人都是一無所有。

很久以前聽過一位長輩說的小故事，有一個人，每天給一個小朋友五塊錢，小朋友每天都很開心，也很期待今天又可以拿到錢，就這樣過了一段時間，那人不知何故不再給他銅板。

小朋友氣呼呼質問道，為什麼沒有給我五塊錢？

一個平凡的小故事，印證到現實生活會發現，親人，朋友，夫妻，或是男女朋友間，當生活一切習慣成自然，施與受變成理所當然，經典範例就是，為什麼沒有來接我；為什麼不接我電話等等。

我們時常會忘記，在此之前，我們什麼都沒有。

人的成長，如能察覺到愛情的真實面貌是索求，不免聯想，電視電影小說中唯美浪漫的愛情故事，亦屬過度美化的神話，悄悄洗腦憧憬愛情的人，間接殘害心靈。過度強調甜蜜和美好，關係容易出現裂痕，或分手後導致過大衝擊和悲劇。

我們假裝忘記，其實是不願承認，在此之前，明明單身很多年。分手，不過就是恢復單身而已。

人的成長，也取決於能否尊重和允許差異。

反過來說，一方抱怨對方不了解，真正檯面下意思是，自己無法包容對方的自我和不同意見。

歸根究柢，人與人之間並不存在真正的溝通和了解，即便是白紙黑字的閱讀，也屬於一種猜測的遊戲。

所以說，戀人因誤解而結合，又因了解而分開，這句話只對一半，所有戀人都在尋找適合走下去的另一半，從來只是想聽自己喜歡聽的話而已。

如何讓別人清楚感受我聞到的花香，不可能。就連超脫凡俗的佛陀，金剛經開宗明義，如是我聞，佛陀不以說教口吻來命令信眾奉行，而是用一種雲淡風輕的語態說，我聽過一件事，你聽聽看。

與我們看到的兩心相契浪漫神話相反，每個人都是獨立思考個體，凡事擁有主觀解讀與喜好，都有自己的路要走，自己待修的功課要完成。唯有徹底理解這些，才能淡化釋然期望，不受執念操控，造成彼此不能呼吸。

張艾嘉唱過一首歌，我站在全世界的屋頂，覺得人與人的了解並不是必須，酒瓶裝的也許是自己，也許自己才能創造奇蹟。這是流行音樂界難得的哲學藝術作品，用人生的孤獨本質，表達一種放手和昇華。

猶記第一次懷孕即將臨盆，腹中大兒子彷彿和爸爸擁有天生默契，他從海外回鄉，當天老家正值廟會，辦桌酒席吃到一半碰巧陣痛，由他陪同赴院生產，抱抱兒子，隔天又北上回辦公室。娘家村莊拜拜宴客整天下來，媽媽又忙又累，待到醫院產房陪伴我時，她已疲憊不堪，在我身旁小床呼呼大睡。

相隔兩地，孩子的爹像候鳥一般小聚又散，失落心情無處排解，下午來探望的阿姨帶來碩大水梨，幽暗的醫院房間，默默啃完一整顆梨，誰知道腸胃受不了，又一股腦吐光光。

看看身旁媽媽暢快打鼾中，只好自己撐著慢慢下床，走去護理站拿掃把，輕手輕腳深怕打擾熟睡的媽媽，把地上白花花的碎梨清理乾淨。醫院空調全力放送，擔心母親受涼，又走一趟去拿薄被，為她蓋上。反正也睡不著，能讓媽媽好好睡也很好。按照規定產婦須在醫院休息三天，生性好強不喜拘束，第二天就吵著帶寶寶回家了。

我們不太願意理解，孤獨是必然這件事。面對事實，就算身邊有家人，重要時刻也不一定能伸出援手。

人說，夫妻本是同林鳥。不須要大難來考驗，現實生活本是聚少離多。這個社會太莫名其妙，太多人頂著關心的名義，動輒批評責怪，對周遭單身人士施加壓力。真是干卿底事。自己都朝不保夕了。

婚姻制度向來遭到過度美化，婚姻不是神話，是有待正視的課題。君不見時下流行一詞：婚內失戀。看看身邊多少夫妻，同在屋簷下，不聞不問，形同陌路。佳偶天成是燒得好香，祖先庇蔭，現實社會怨偶何其多。

多年以來，很想寫下奶奶的故事。聽母親說，爺爺是村人公認的好老公，見到妻子揹著孩子蹲在田裡工作，他會去接過小孩來揹，說我站著鋤田，我揹比較輕鬆。命運捉弄，互敬互愛的因緣不到幾年，爺爺過世留下愛妻幼子。一個女人肩上承擔育兒和家計，守寡數十年，直到自己成家育兒，想起奶奶默默吞忍的苦，字字艱澀，難以下筆。

中國人婚宴紅聯喜幛，高掛婚姻的神話，歌頌神仙眷侶，上面寫著，鴛鴦好合，喜締鴛鴦。人們光說不練，可曾好好觀察池裡的鴛鴦。如膠似漆太牽強，不如說貌合神離來得貼切，期望過高的人們恐會失望，牠們其實不常游在一起，而且一期一會，下一個求偶季節又會換伴侶。

白頭偕老，相廝相守，十年修得同船渡，百年修得共枕眠。只羨鴛鴦不羨仙，為了共築天長地久夢想，或是堅守誓言，背後經歷多少妥協和隱忍的代價。

別看街上手牽手的老夫老妻，他們都是動心忍性的武林高手。

曾經滄海難為水，除卻巫山不是雲，此等境界唯有至情至性的人才懂。可惜，說出我愛你會把人嚇跑的年代，多情已經不流行。

行路暗夜吹口哨壯膽

昨日一時興起，看見拍賣網站追蹤的書特價，一口氣買了兩本二手書，《怕老》和《怕飛》。前幾年在花蓮二手書店，看到《怕飛》一書極為驚豔，礙於輕裝出遊，刻意簡化生活，租屋處不太希望囤積物品，只能把此書暫存記憶書單。平日足不出戶，期待書本運送到手的心情，像盼望新玩具，在山居日子波瀾不興的心電圖，激起清甜晶亮的漣漪。

當日子味如嚼蠟，魂不守舍，正好動身尋訪幽靜河流，坐看山光雲影，排除紛擾，與自己正面交鋒。捫心自問活到此等歲數，不管是三十或五十，細數生活有沒有過成自己想要的樣子；羨慕別人的能否放下；得不到又不甘心的，總要努力爭取；若是成天憤世嫉俗又不思精進，遲早，輕則鬱悶，重則內傷；再思索一番，有沒有欠自己什麼交代，也許有失聯的朋友等著鼓起勇氣去聯絡，與誰的感情債何不快刀斬亂麻。

聽過一個觀點，不要被暢銷書欺騙，明明早已成年，動不動牽扯童年或家庭創傷，開口閉口需要療癒，如果不知不覺陷入商業陷阱，一定要大刀闊斧拋棄意識枷鎖，前方還有大好人生等著體驗。

怕飛是正常的，我們生來不帶翅膀。這裡的飛，更像是跳脫溫室，或是擺脫舊我，突破現狀。誰不怕老，從小到大，從生澀慢慢成熟而漸入佳境，卻要面對漸漸衰老的事實，青春形體，財富，位階，連健康也逐漸走下坡，都說不在乎天長地久，瀟灑有幾人。

還有一種恐懼是外界眼光與評價，所有褒貶毀譽形成如影隨形的網絡，動輒讓人患得患失，裹足不前。在藝術創作的路上，過去修習電影科系，尤其感受深刻，藝術家大膽創作出激盪人心的作品，本質上是與保守特質完全矛盾。開放作風背後成因，與阻礙勇敢表達的原因，那些瞻前顧後時常是創意的殺手。

自己是命運的主宰，也是最大的敵人。

早年看過一部電影《戰地女煞星》，一個纖弱女子到戰區陪伴男友，時日推移，艱困環境中磨練見習，目睹傷兵死亡，平日飽受嘲諷與挫敗的她，逐漸嚮往山林野地，悄悄加入游擊隊。直至部隊準備撤退時，大夥遍尋不著女子只好放棄離開。沒有人發現她全身塗滿汙泥，閉氣藏身河底，眼見同袍搭直升機升空飛遠，她才浮出水面，獨自步入叢林。

一個女人忍辱隱遁，執意與世隔絕這一幕，震撼許久無法釋懷。自己身處文明舒適圈，憑空想像叢林的險惡和孤寂，廣袤未知，生命隨時遭受威脅，要安適自在都困難，飢寒交迫下要覓食求生談何容易，所有切身問題，百思不得其解。

現世太安穩，歲月太靜好，西線無戰事。安心做一隻鴕鳥何其幸福，放著賴著，不也這樣走過來。

蟑螂跑出來，遇見大雷雨，迎面看見來者不善，小三小王來電話公然挑戰，公司忽然通知裁員，種種逆境來襲，正是考驗耐力的時候。

一輩子那麼長，總不能老做癟三，老是活在恐懼中；膽小脆弱應是沉疴已久，才會心生不安。種種兵棋推演都是必要之惡。擔心婚姻破裂或是家庭離散，直接針對陰暗面破解，把自己生存條件準備好，建立自信，天涯何處無芳草。

懼怕就是成長的契機。時不時要刺一下痛處，才感覺活著。

前方縱有惡水險灘，也要硬著頭皮設法穿越。老是怯懦，那有多彆腳。

靠山山倒，靠人人老。人在江湖，難保不會落單落難。就算行路暗夜只能吹口哨壯膽，也要保有一夫當關萬夫莫敵的氣勢。莫忘〈正氣歌〉在歷史洪流裡，閃耀著啦啦隊鼓舞燈號，時窮節乃見，一一垂丹青。

喜歡玩躲貓貓的小瘋鼠

細數生活，發現堪稱享受的事物，大略都是唾手可得的小事。小時候家住嘉南平原農村，地利之便，一年到頭都有當季蔬果可以吃，街坊親鄰時常互通有無，誰家花生、玉米、地瓜收成，誰有甘蔗、水池的菱角，泥鰍鱸鰻存貨賣不掉，遇到龍眼、蓮霧、香蕉盛產，成袋成堆配送到府；許多人家連瓦斯爐、洗衣機都沒有，生活物資貧乏，反而越能感受濃濃人情味。母親總在晚飯後端出一大鍋玉米，尤其冷天抓食手心溫熱，齒頰留香，美味無以倫比。

長住台北，隨著孩子成長，近年家中較少開伙，自己漸漸減少餐食，地瓜、玉米幾乎成為主食，主要是電鍋蒸煮方便快速，既可口又幫助消化。某些時節，不知是否氣候因素，市面上找不到玉米，一次先生下班順道買回，玉米已經乾枯過熟難以下嚥，索性兩條切成六段，裝在餵食專用鐵碗，水盤墊底阻擋螞蟻，放到靠近山谷的露臺，附近玩耍的松鼠會來吃。

天亮給玉米點名，少了兩段，這個小傢伙應該喜歡吃；隔天查看又變少，第三天總算碗底朝天。可以跟小松鼠分享玉米，心情也隨之雀躍。

露臺觀察一陣子，發現松鼠不只一隻，遠遠看見兩隻在鄰居瓜棚逗留，牠們尾巴更蓬鬆濃密，身形較大。時常闖入陽台這隻比較小，如果下午西曬背光，牠的尾巴稀疏，一透光更像廚房的長型尼龍刷。

又一日看見牠從樟樹跳過幾公尺遠的櫻花樹，也時常看牠在露臺欄杆飆速穿梭，於是為牠取名小瘋鼠。

每日窗邊寫作頻頻張望牠的身影，牠也幾乎天天來報到。附近的貓蹲踞牆角等著追捕，也拿牠沒輒，身手矯捷一溜煙跑掉。有時趁我不注意，特別是廚房烤麵包時，小瘋鼠聞香而來，溜進露台往家裡瞧。眼看好友來訪，起身去拿手機拍照，高度警戒的牠立即飛奔逃竄。如此看來，親手餵食的夢想幻滅，不如保持君子之交。年輕時在紐約中央公園與松鼠邂逅，拿水果餵食且能合照留念，觀光地區有遊客互動造就條件，才能親近人類不怕生。

人們以為離群索居是淡漠無情，然而性格帶著多情的致命傷，散步遇見青蛙、甲蟲也不時回首張望。萬物有靈，人間有情，保持距離才能確保小瘋鼠安危，總不能因為愛牠，讓牠日漸失去防備，誤入人類私慾的陷阱。

觀察小瘋鼠一舉一動，發覺牠年紀確實還小。如果一陣大雨淋濕，變成落湯鼠，全身絨毛緊貼的話，牠的身體可能剩下一根手指大小。牠的行為模式像極了幼童，現身住家附近觀望又膽怯，看我在餐廳活動，便故作神祕，趴在細長柵欄偷瞄屋裡，身體尾巴拉成直直長條，褐黃毛色在松木柵欄幾乎隱形。我把牠匍匐趴下的樣子拍下傳給兒子，寫道，猜猜小松鼠躲在哪裡。

逗趣的模樣直逼埋頭的鴕鳥。

一日先生晚歸，玉米潦草啃完準備就寢，我看玉米和胚芽殘留不少，放在碗裡沒有丟棄，打算隔天餵小瘋鼠。清晨把玉米折成兩段隔水裝碗。第二天到露臺張望，發現其中一段已經啃過，整根玉米梗乾淨溜溜躺在露臺。另一段不見了，碗裡空空，覺得納悶，去忙別的也就淡忘此事。

午前坐定書寫，看到小瘋鼠跑上窗前樟樹，原來牠事先把玉米藏匿樹枝分叉處，抱著悠哉享用起來。窗內的我，近距離看著牠小巧的身影，拿來手機錄下，陽光灑落，牠靜靜環抱玉米左啃右啃，啃得清潔溜溜，如我一般愛惜玉米，於是人鼠各自陶醉，遺忘天地。

望著小瘋鼠心神遊走，暗地盤算香蕉蘋果，下一步要如何招待牠。牠是最迷你、最特別的寵物嬌客。

風暴來襲按下暫停鍵

在這個凡事推陳出新的年代，群眾流行爭奇鬥艷，加上喜新厭舊，消費模式變得瘋狂至極，各式嶄新的禮物來到我們面前，興奮的保鮮期越來越短，可以說才拆開包裝，厭倦就如海浪襲來。

又有甚者，家中囤積各式購物袋，那些週年慶、逛街血拚戰利品，好似紓壓目的已達成，連包裝都懶得打開。

大家都不敢承認，我們都瘋了。皮包的功能是拿來裝錢，有一群人偏偏相反，上班的薪水砸下去買包，包裡其實沒有錢。

人人使出渾身解數敗家，拚命安慰自己，誤解流行歌瘋狂吶喊，But we are never gonna survive unless we get a little crazy.

所有外界而來的心愛物件，走進生活與生命產生連結，不論是一個好友送的馬克杯，一隻貓咪，或一個人，終要面臨毀壞、遺失。

身為一個人，原廠內建隱藏版退場機制，只是從來不會詳載說明。很大機率，就在習以為常的某天，毫無商討餘地斷然離開。身為一個凡人，貌似機能健全，鍾愛的身體，一如對世界的信任，不小心會遭到損毀，無法復返。

向來毫無防備，旁人的提醒也從不在意，人的心是玻璃做的，早知如此何必當初。而當初，明明自詡浪漫，飛蛾撲火，義無反顧。

幸福有如溫暖海水簇擁，無常的風暴沒有商量餘地，驚滔駭浪來得又快又急，巨變和傷痛讓人走不出黑暗幽谷。

如果命運無情關上大門，一時舉目無親，找不到解脫的捷徑，眼看即將滅頂，無技可施。請按下暫停鍵。

既然命運存心捉弄，不妨退出這場無情遊戲，給自己幾天時間盡情發洩情緒，大哭，發怒，找個地方吶喊：我不玩了。給自己一段長假。

再跨一步即是殞落的懸崖，放幾天假真的不算什麼。

非常時期，不需以平常表現要求自己，只要設定最低標準，對自己信心喊話，風暴一定會過去，凡事都會過去，一切會慢慢變好。

可以大睡，可以發呆，可以躲在自覺安全的角落。如果冰淇淋和巧克力可以帶來安慰，大可安心享用。等到精神恢復，再嘗試尋回生活重心。

走出情緒低谷，有些很容易達成的步驟和方法。首先要找回感官知覺，例如觸摸樹葉，嗅聞花香，散步曬太陽，聽音樂，或是泡個芳香浴。其次，看看周遭容易取得的材料，種個盆栽，拿起紙筆畫禪繞畫，做點簡單手工，例如縫衣服、勾毛線，諸如此類沒有審美標準、沒有目的的活動。最後，行有餘力做點清理工作，例如丟棄冰箱多餘物品，篩選過多的書籍雜誌，一小步一小步建立成就感，是回歸生活很大助力。

一隻斑斕精巧的小瓢蟲，隨著季節振翅飛舞的當下，也在努力活下去，生命何其寶貴。

逆境來襲，掙扎抗拒不是辦法。放下試圖掌控的一切，隨波逐流，看命運帶領走向何方。

智者曾言，柔能克剛。時勢強大，最好的預防針便是練習謙遜與臣服。瑜珈有一個動作稱為拜日式，個人體會它是一個修心方法，放低身段，學習在晨昏之間敬畏天地。

慢活亦是靜心之道。戒掉行色匆匆的習慣，抬頭看看街道屋簷下的燕子，幼鳥嗷嗷，燕去巢空，輪迴已過多少世代，新燕舊燕難辨難分，像是大量複製的齒輪轉動，看似滄海一粟，豈非微小而強大。

大自然生生離離不捨晝夜，生命本是短暫，人類戀棧貪生，小我無限放大，張牙舞爪試圖對抗天命，衍生糾結不甘，遍體鱗傷。

只要學習放下，隨時隨地可靜坐。不須強迫自己心無雜念，保持覺知，感受念頭升起消滅。把握自在清明的心，自會撥開雲霧迷惘。

能力所及提醒自己，我從空無來，不生不滅，不垢不淨。坦然無懼，沒有人虧欠我，我亦無愧於人。

相對於痛楚，痲木不仁更是浪費生命。感謝命運帶引磨練的道路，讓我卸下過去包袱，蛻變成長，重新站在這塊土地暢飲生命泉源。

從嗶嗶叩年代走來

由於家住外婆家附近，透天大厝寬敞舒適，往日年節一到，舅舅啊姨們從外地舉家南下，大人小朋友歡聚一堂，客廳沙發總是客滿，大夥聊天泡茶看電視，家裡難得鬧哄哄，南北生活差異之下，也可觀察到許多新鮮事物和話題。例如五姨丈在台北從事建築業，手邊帶著最新的黑金剛大哥大，與人講電話時，粗獷的嗓音加上魁梧外表，看起來就跟黑道沒兩樣。

九零年代初期剛出社會，在承辦藝術表演活動的經紀公司工作期間，由於業務需要，公關行銷部門集體派發傳呼機，也就是俗稱嗶嗶叩，月費大約五、六百，每個人有專屬號碼可印製名片上，公司或親友有事聯絡，就可撥打門號到傳呼公司留言，隨身配戴的小黑盒子會響鈴提醒，一開始多是單調電子提示聲，沒有花俏的和弦鈴響，金凱瑞主演的「王牌天神」裡面，上帝一直傳呼聯絡，吵到受不了被摔到馬路，機體粉碎依然發光嗶嗶叫，那就是典型叩機。收訊方依著號碼，便可就近用有線電話回撥，或是打到傳呼公司總機收聽對方留話，形同電話秘書。零錢有所不便，定期購買一張百元的中華電信公共電話卡，也是當時流行通訊方式。

傳呼機是一個不起眼的小配件，長寬比名片小一些，耗電極少，放在包包很輕巧，工作時夾在腰帶，有些人會裝在高檔皮件展示個人品味。雖然交友圈不大，像我這種時常搬家換工作的流動人口，親友聯繫全靠它。

後來二哥也辦傳呼機，透過拷貝複製可以多人共用門號，就像主門號底下延伸分機的方式，子門號使用者可以省下月費。不過這有一個壞處，就是有人傳輸號碼，整個子群組叩機會同時收到提醒。

訊息只靠數字按鍵，使用者自行發揮創意，五二零就是我愛你，一三一四代表一生一世。後來回老家與二哥聊天，問我叩機老是收到五二零是誰，只好笑笑帶過，追求者太多不知道哪一個。

又過幾年，手機開始流行，金城武的易利信手機廣告紅遍大街小巷，話機和通信費率都算昂貴，手機動輒過萬，超出一般上班族負擔。當時還是黑白螢幕，只具備基本通話功能，是一時風潮酷炫的奢侈品。直到各大廠牌手機問世，搶攻通訊市場大餅，消費者因勢得利，幾千元平易價格便能買到人生第一支手機。

人在外地，特別是旅行途中，行動電話是很重要的通聯工具。人們對它依賴加劇，隨身攜帶電話待命，有人想到什麼就打電話，不論大事小事，不分青紅皂白。不小心漏接電話，也會導致誤會與壓力。各種利益導向推銷的陌生人，詐騙集團，紛紛從四面八方湧來，一個號碼竟能多角延伸，演變成侵犯隱私或情緒勒索途徑。

真的不懂，誰規定我一定要接電話。世上少有所謂十萬火急。

潘朵拉的盒子一開，我們都回不去了。且慢，居然忘了還有電話答錄機，幫助人們維護暫停通聯的權利。這個偉大發明拯救不少瀕危人類。

既然隱居山林，就繼續與世脫節，時不我予。訊息叮咚滿天飛的年代，悄悄嚮往飛鴿傳書的美學。

等待也是一種美。

全文完

釀文學258　PG2672

後庄赤羌仔

作　　者　郭雅蘋
責任編輯　楊岱晴
圖文排版　蔡忠翰
封面設計　劉肇昇

出版策劃　釀出版
製作發行　秀威資訊科技股份有限公司
114 台北市內湖區瑞光路76巷65號1樓
電話：+886-2-2796-3638　傳真：+886-2-2796-1377
服務信箱：service@showwe.com.tw
http://www.showwe.com.tw
郵政劃撥　19563868　戶名：秀威資訊科技股份有限公司
展售門市　國家書店【松江門市】
104 台北市中山區松江路209號1樓
電話：+886-2-2518-0207　傳真：+886-2-2518-0778
網路訂購　秀威網路書店：https://store.showwe.tw
國家網路書店：https://www.govbooks.com.tw
法律顧問　毛國樑　律師
總 經 銷　聯合發行股份有限公司
231新北市新店區寶橋路235巷6弄6號4F
電話：+886-2-2917-8022　傳真：+886-2-2915-6275

出版日期　2021年11月　BOD一版
2022年11月　BOD二版
定　　價　280元

讀者回函卡

Printed in Taiwan

國家圖書館出版品預行編目

後庄赤羌仔/郭雅蘋著. -- 一版. -- 臺北市：釀出版,
2021.11
面；　公分. -- (釀文學 ; 258)
BOD版
ISBN 978-986-445-551-5(平裝)

863.55　　　110016913